COLLECTIF

Un voyage initiatique, Tome 1

Contes et légendes d'ici et d'ailleurs

Cet ouvrage est réalisé grâce à l'appui financier du gouvernement du Canada

Government of Canada Gouvernement du Canada

Publié par les Editions Dédicaces.

Réécrits et adaptés par Jean Pierre Makosso Muän Ma M'kayi

Couverture et illustrations : Max-Baron Loemba

En partenariat avec :

Makosso Village : www.makossovillage.com

Alliance Francophone et Francophile du Grand Vancouver et Fraser Valley : www.facebook.com/afsurrey

Table des matières

Avant-Propos

C'est un grand honneur pour moi d'être celle qui vous présente cette remarquable collection d'histoires. *Contes et Légendes d'Ici et d'Ailleurs* nous ramène à nos enfances respectives, à un temps où nous vivions intensément et avec conviction chaque conte que nous racontaient parents et connaissances. *Comment ? La tortue a gagné la course contre le léopard ?* Nos parents africains profitaient d'ailleurs de notre naïveté pour nous apprendre la discipline. *Ah ! Tu fais ceci ou cela ? Est-ce que tu veux finir comme tel personnage dans l'histoire d'hier soir ?* Ce simple rappel était parfois suffisant pour nous ramener immédiatement à l'ordre et nous remettre dans le droit chemin. Vous voyez donc à quel point un conteur peut exercer un grand pouvoir dans nos vies, et a ainsi une grande responsabilité dans la vie communautaire.

J'ai grandi à Yaoundé, la capitale du Cameroun. Nous allions fréquemment au village, à Abong-Mbang, la terre de nos ancêtres, dans l'est du pays. Curieusement, la plupart de mes souvenirs d'enfance se trouvent au village, soit aux champs pendant la journée, soit dans la cuisine familiale après le repas du soir, au coin du feu, en train d'écouter papa Gédéon raconter une histoire. Il était assurément le meilleur des conteurs ! Ces souvenirs de soirées de contes ont très souvent été, et sont encore, une véritable bouée de secours pour moi.

Jean Pierre Makosso est comme papa Gédéon. Il sait comment donner vie à une histoire, et il est l'un des meilleurs conteurs que je connaisse. Lorsque je l'ai rencontré au début des années 2000 à Vancouver, j'ai été aussitôt fascinée et séduite par sa grande capacité à captiver les grands aussi bien que les petits. Nous buvions littéralement chacune de ses paroles ! Il avait le pouvoir de nous faire rire et pleurer dans la même phrase ! Cela nous montre vraiment à quel point nous avons tous une âme d'enfant quel que soit notre âge, et nous nous retrouvons tous dans la tradition des contes. Cet ouvrage que vous tenez en main est un trait d'union non seulement avec votre enfance plus ou moins lointaine, mais aussi avec d'autres cultures. Oui, nous avons tous et toutes cela en commun. Quelle que soit notre origine culturelle, nous avons tous été bercés par des histoires fascinantes dans notre enfance, et notre âme s'en souvient. Peut-être que nous avons nous aussi grandi avec l'histoire de*Léo, le roi de la savane*, ou encore celle des *Pêcheurs de morue de Saint-Malo*. Qu'importe l'histoire, c'est l'émotion que les pages suivantes vont provoquer en chacun et en chacune de nous qui compte.

Vous avez maintenant à votre disposition un outil puissant qui vous permettra d'offrir un cadeau d'une valeur inestimable à votre enfant : le souvenir chaleureux de ces précieuses soirées au coin du feu, qui va réchauffer leur petit cœur jusqu'au bout de leur vie. Un tel cadeau n'a pas de prix, nous le savons bien.

Peut-être que bientôt vous aussi aurez l'occasion d'apprendre à votre enfant que « *L'espoir ramène les affamés à la vie* » comme nous le dit le conte des *Deux amis inséparables*. Tout comme ces parents d'ici et d'ailleurs qui nous content ici leurs histoires, vous réaliserez que vous aussi détenez ce pouvoir incroyable du conteur, car vous avez le privilège et l'immense responsabilité de contribuer à façonner l'esprit de nos adultes de demain à travers vos contes. Alors, lisez !

Jacky A. Yenga

Messagère de la sagesse du Village

Fondatrice de *Spirit of the village*

Introduction

« Un humanisme intégral qui se tisse autour de la Terre : cette symbiose des énergies dormantes de tous les continents, de toutes les races qui se réveillent à leur chaleur complémentaire. »

C'est bien à cette belle définition de la francophonie, due au Président Poète Léopold Sédar Senghor que fait penser l'ouvrage les Contes et Légendes d'ici et d'ailleurs, *en ce sens qu'il traduit parfaitement le multiculturalisme et la diversité de notre communauté, qui s'abreuvent à la sève nourricière de nos différences et nous accordent d'être le reflet d'un monde contemporain en constante mutation.*

Sous tous les cieux, à travers différentes époques, la langue française demeure ce trait qui nous unit et ce véhicule qui nous permet de découvrir et de partager nos émotions et nos imaginaires individuels ou collectifs, par le canal d'œuvres artistiques telle celle que nous célébrons.

Je tiens à féliciter et à encourager les familles, parents, enfants et grands-parents qui ont participé à la rédaction de ce recueil de contes, autour de Monsieur Jean Pierre Makosso. Par les récits que vous avez si généreusement partagés, vous contribuez à célébrer le kaléidoscope de peuples, de cultures et de vécus qu'est la francophonie. Vous apportez ainsi à notre édifice commun une pierre singulière.

Dans nombre de nos sociétés respectives, les séances de conte qui, pendant très longtemps, ont rythmé les soirées familiales, ont été des moments particuliers de communion et de fraternité intergénérationnelle que nous tentons de préserver aujourd'hui encore au pied du lit des tout-petits.

Il est important que nous puissions préserver et enrichir cette tradition par laquelle se sont transmises, au fil du temps, les croyances, les valeurs et les principes de vie qui sont le socle de nos communautés. Mais il est surtout important qu'en partageant entre nous ces contes, nous découvrions tout le patrimoine que nous avons en commun. Et c'est bien en cela que le livre Contes et légendes d'ici et d'ailleurs *est publié fort opportunément.*

Grâce à la langue française, les récits que nous allons lire, écouter et, bien sûr, savourer, nous conforteront, j'en suis sûre, dans l'idée que notre communauté humaine est bien UNE et que, malgré nos différences de couleur de peau, de religion, de statut social ou d'idéologie politique, ce qui importe, c'est L'HUMAIN.

Son Excellence,
Viviane Laure Élisabeth Bampassy
Ambassadrice du Sénégal au Canada

Mot de la Direction Générale

Comment notre festival familial est-il né?

Il fut un temps…

Non.

Il était une fois… et comme les autres fois, petits et grands, enfants, jeunes et vieux se réunissaient autour d'un petit feu ou encore d'un verre de thé bien chaud et écoutaient les histoires racontées par les parents et les grands-parents, les tantes et les oncles. Ces histoires étaient des leçons de vie, un riche apprentissage tissé de belles couleurs qui assurait espoir, gaieté, sécurité et dont la morale nous apportait chaleur et lumière. Quant à moi, mon enfance fut parsemée des contes du *Pantcha Tantra, livre de Kalîla et Dimna.*

Mais qu'en est-il aujourd'hui de nos histoires? Que reste-t-il de nos contes et légendes une fois oubliés et emportés par les vents et marées de nos quotidiens? Allons-nous les oublier avec le temps qui passe?

« Nous n'avons ni le temps ni la patience, pourtant l'envie et la passion sont bien là » nous ont répondu les familles.

« Eh bien, on y va »

Francophones et francophiles ont répondu favorablement et massivement à cet appel. Ils sont tous sortis de l'ombre et ont fait retentir leurs voix. Ainsi, notre festival familial de contes et légendes d'ici et d'ailleurs avait vu le jour.

Nos observations nous inclinent à remarquer que, depuis quelques temps, l'être humain expérimente des moments de réflexion, de questionnements, de recherches de meilleures solutions et que, surtout, il est en quête de réponses exactes pour améliorer sa vie au quotidien. Pour la plupart d'entre nous qui sommes loin de nos racines et de nos parents, ces quelques temps semblent plus hardis.

Jean de la Fontaine disait : *« Nos archives sont pleines de ces émigrés que leur ancienneté à défaut de leur art et de leur esprit devrait désigner à notre bienveillance et que l'on ne démêle pas toujours bien de notre propre cru. Ils nous font ensemble une sorte de patrimoine universelle dont nous aurions tort de sous-estimer l'importance et la valeur, quand bien même il se trouve exclu de la vraie littérature ». Contes et Nouvelles en vers,* Éditions Atlas

Beaucoup de préparations pour un tel ouvrage, n'est-ce pas? Oui, quand on aime on ne compte pas, on conte, on raconte et on versifie.

Ce qui est versé ici n'est pas un verset mais une sagesse.

Nous présentons ici les contes et légendes des familles dans le but de favoriser les visées initiales, à savoir, les sortir de l'isolement, créer un levier de transmission de ce savoir, de ces expériences et de ces vécus.

L'épopée, l'odyssée ou le drame : éducatif, amusant ou triste, ces histoires de vie suivent le parcours qui mène et sert à unifier, à amener un élan positif qui surpasse en enthousiasme des statiques et des « sans-âme ».

« La vie est une rivière, elle n'est vivante que si elle coule. Elle devient un étang dès l'instant où elle commence à stagner. » R.A.

Nous avons beaucoup à raconter, nous avons beaucoup à écouter et surtout beaucoup à partager.

Merci à vous tous, conteurs, de nous avoir accompagnés fidèlement tout au long de ce voyage au cœur des cœurs.

Nous remercions également tous ceux qui étaient là présents lors de cette première édition du Festival Francophone Familial des *Contes et Légendes d'Ici et d'Ailleurs*.

Et nous remercions spécialement :

— Consul Honoraire du Liban à Vancouver : Dr. Nick Kahwaji

— Ambassadeur de Tunisie au Canada : Son excellence M. Mohamed

Imed Torjemane

— Ambassadeur du Royaume du Maroc au Canada : Son excellence, Madame Souriya Otmani

— Consul Général du Vietnam au Canada : M. Trung Nguyen

— Ambassadeur du Sénégal au Canada : Son Excellence, Madame Viviane Laure Élisabeth Bampassy

— Consul Général de France à Vancouver : M. Philippe Sutter

Nous remercions aussi la ville de SURREY

— Monsieur le maire Doug McCallum et son équipe. :

— Honorable Bruce Ralston, MLA SURREY-WHALLEY, ministre de l'Énergie, des mines et des ressources pétrolières

— Allison Patton : Conseillère à la ville de SURREY

Nous remercions l'École Gabrielle-Roy.

Nous voudrions également honorer et reconnaître le territoire traditionnel non-cédé de la Première Nation Katzie, sur lequel nous œuvrons.

Roxanne A'lamyalagha-Groulx

Directrice générale de l'Alliance Francophone et Francophile du Grand Vancouver et de Fraser Valley

Mot de la Direction Artistique

Quand ma mère m'envoyait chercher du bois sec dans la forêt pour en faire un feu, je revenais toujours avec un fagot. Dans ce fagot, il y avait plusieurs bois différents. Et ce bois était si sec qu'il crépitait au soleil. J'ai donc appris à crépiter comme le bois. Quand je ne trouvais pas de bois sec, je ramenais du bois pas sec du tout, et ma mère demandait : « *Est-il bien sec ton bois* »? Je répondais : « *Oui maman* »! « *Fais-le crépiter* », m'ordonnait-elle. Alors, j'imitais le bruit du bois crépitant et ma mère ajoutait :

« *Eh bien allume le feu du conte pendant que je finis de laver tes frères et sœurs. Veille à ce qu'il soit bien éclatant, ton feu, quand j'arrive; qu'il n'y ait surtout pas la fumée : tes sœurs ont horreur de la fumée* ».

Alors, je soufflais sur ce bois humide pour faire sortir des braises chaudes qui le rendaient bien sec et crépitant avant l'arrivée de ma mère.

Nous vous présentons ici la première édition du Festival familial et francophone des *Contes et Légendes d'ici et d'ailleurs.* Ce festival se présente en deux parties. La première partie est celle où j'allume le feu avec du bois sec ou pas sec du tout avant l'arrivée de ma mère. Elle a eu lieu du 15 septembre 2020 au 21 mars 2021. À cette époque, nous avons lancé notre première affiche pour recruter des conteurs amateurs et professionnels pour une participation massive. Avec l'arrivée de la pandémie, nous n'avons pu tenir d'ateliers à l'extérieur. Nos répétitions se sont passées sur Zoom, comme vous pouvez en lire l'extrait ci-dessous, dans cette affiche lancée par l'Alliance Francophone et Francophile du Grand Vancouver et de Fraser Valley :

> *« En collaboration avec Jean Pierre Makosso et Makosso Village, nous vous invitons à participer au festival familial francophone de contes et légendes d'ici et d'ailleurs financé par le gouvernement du Canada.*
>
> *« Ce festival s'adresse à tous les membres de la famille, aux enfants, adolescents, parents et grands-parents. Il mettra en lumière la diversité des différentes cultures au travers de leurs contes et permettra des échanges et le rassemblement multiculturel et intergénérationnel : la connaissance et la reconnaissance de l'autre. Nos ateliers ont déjà commencé sur Zoom et en présentiel, tout en respectant les règles de distanciation sociale ainsi que les consignes sanitaires.*
>
> *« Jean Pierre Makosso est metteur en scène, acteur, conteur, écrivain et poète reconnu internationalement ».*

Et nous avions eu la participation des professionnels tels : Tom Gould (Canada), Véronique Mulungie (RDC), Naomi Eliana Pommier Steinberg (Canada), Joe Amouzou (Togo), Yvette Bouiti Makosso (Congo Brazzaville), Hassanatou Camara (Guinée), Aly Traoré (Guinée)

Ainsi que des familles et des amateurs tels : Wilson Mugaruka (RDC), Karen Amstrong (Guyane Anglaise), la famille Cosme Fandy (Bénin), la famille Bandeke (RDC), la famille Langlois (Canada), Martine Mavrothalasitis (France), Marie Coeirlie et Ciara Domingo (Île Maurice).

Nous vous invitons tous à visiter *www.afsurrey.ca* afin de suivre ce spectacle vivant filmé à l'opéra de Vancouver.

Pour ma part, je tiens à les remercier chaleureusement d'avoir participé à la première partie de ce festival.

La deuxième partie du festival est celle dans laquelle arrive ma mère, c'est celle où le bois crépite dans un feu éclatant. C'est celle qui s'est déroulée du 30 mars au 15 septembre 2021 dont voici ci-dessous la deuxième affiche lancée dès le 25 mars :

> PREMIÈRE ÉDITION DU FESTIVAL FAMILIAL DE CONTES ET LÉGENDES D'ICI ET D'AILLEURS(2ème partie)
>
> C'est reparti.
>
> À vous.
>
> Visionnez la première partie sur le site de l'Alliance francophone et francophile du Grand Vancouver et de Fraser Valley et rejoignez-nous aussitôt dans cette deuxième partie du festival familial.
>
> Racontez-nous votre conte ou légende.
>
> Vous êtes une famille, vous avez une famille, vous connaissez une famille, ce festival est pour vous. Vous rappelez-vous les contes et légendes de votre enfance ou de votre jeunesse? Ces contes et légendes racontés pas les parents et grands-parents et qui nous emportaient tous dans un monde magique et mystérieux? Ou encore ces contes d'animaux qui nous émerveillaient ? Ces merveilleux contes de la nature qui commençaient toujours par cette formule inoubliable « *Il était une fois...* », vous vous rappelez, n'est-ce pas? Moi je me rappelle les contes racontés par Ma M'kayi, ma mère. Et vous?
>
> Trêve de bavardages et maintenant...
>
> Inscrivez-vous au Festival francophone et Familial de Contes et Légendes d'ici et d'ailleurs (2ème partie).
>
> Les contes et légendes sélectionnés seront publiés dans notre recueil de contes et légendes d'ici et d'ailleurs qui aura pour titre : *le Voyage initiatique.*

Une fois de plus, des voix se sont levées et je suis allé à leur rencontre. Ces voix nous sont parvenues du Bénin, de Chine, de France, de l'Italie, du Rwanda, de la République Démocratique du Congo, de l'Iran.

Et nous n'oublions pas la participation exceptionnelle de la grande conteuse et écrivaine Comfort Ero du Nigeria.

Ces voix se sont retrouvées au Canada et je les ai écoutées. Elles m'ont entraîné dans un voyage initiatique qui a été fascinant, excitant, extraordinaire, encourageant et inspirant.

« Quand la mémoire va chercher du bois mort, il ramène le fagot qui lui plaît », souligne Birago Diop.

Voici mon fagot. Dans ce fagot, ma voix est la leur. Je parle pour eux, je parle d'eux et je parle avec eux. Vous les entendrez. Je suis allé chercher du bois afin d'allumer un feu qui va nous réchauffer tous pour ce ***voyage initiatique***.

Soyons attentifs car comme le disent si bien :

Le conteur Amadou Hampaté Ba : *« Un conte est un miroir où chacun peut découvrir sa propre image ».*

La conteuse Ma M'kayi : *« Un conte est un arbre qui offre à l'enfant ses feuilles, ses branches, ses racines, sa sève, son tronc, ses fruits pour sa croissance, sa santé et son éducation ».*

Le conteur Muän Ma M'kayi : *« Mon savoir est une bouteille à moitié vide à moitié pleine. De temps en temps, j'y ajoute une goutte de sagesse afin qu'elle soit pleine un jour ».*

La sagesse nous vient de tout le monde même des enfants :

« Un jour, Papa Anansi l'araignée avait récolté toute la sagesse du monde. Il la mit dans une calebasse et décida d'aller la cacher au sommet d'un grand palmier. Il attacha sa calebasse de sagesse sur son ventre. Et comme une femme enceinte, il n'arriva pas à grimper car la calebasse placée entre le palmier et lui, l'empêchait de monter. Que faire? Son fils arriva sur les lieux et ayant deviné ce qui tracassait son père dit :

– Papa, place ta calebasse au dos et tu arriveras au sommet de l'arbre très facilement.

Déçu, papa Anansi comprit que sa bouteille n'était pas encore remplie. Il brisa sa calebasse et sa sagesse se répandit sur la terre entière. Depuis ce jour, chacun de nous puise une goutte à chaque instant.

Et maintenant :

« À moi Conte!
Quatre mots...
Il était une fois... »

– Jean Pierre MAKOSSO Muän Ma M'kayi

Cet ouvrage est publié sous la direction de Jean Pierre Makosso, directeur artistique du Festival familial et francophone des Contes et Légendes d'ici et d'ailleurs. Jean Pierre Makosso est l'auteur de romans, de recueils de poésie et de nouvelles publiés aux Éditions Dédicaces et aux Éditions l'Harmattan (France-Congo).

I

Un voyage initiatique

Contes et légendes d'ici et d'ailleurs

La Cigale et la reine Tanga

Raconté par Cosme Fandy à sa famille (Bénin)

— Connaissez-vous la cigale?

— Oui, elle est toute petite et elle peut voler

— C'est ça.

— Et puis elle saute.

— Ah elle saute aussi

— Oui et elle mange les feuilles!

— Ah bon!

— Et elle chante tout le temps.

— Hum, un bon musicien en plus…je vois que vous connaissez tous bien la cigale : Histoire?

— Raconte!

Autrefois une cigale chanteuse habitait dans un petit village au fin fond de la forêt. Elle chantait à longueur de journées sans arrêt. Un après midi, elle prit une pause et rendit visite à la reine Tanga, sa belle-mère.

— Connaissez-vous ce que c'est qu'une belle mère?

— Oui c'est une maman qui est belle!

— Très belle, oui, comme toutes les mamans.

Mais dans notre histoire, une belle-mère ici, c'est la mère de la femme de la cigale. Alors qu'est-ce que je disais tantôt, qui peut me le rappeler?

— Tu disais, Papa, qu'un après-midi la cigale arrêta de chanter et...

— ...Alla rendre visite à la reine Tanga, c'est bien ça?

— Oui papa.

— La reine Tanga qui était aussi sa...?

— Belle-mère, papa.

— Bravo!

La cigale arriva donc chez sa belle-mère qui s'absorbait dans la cuisine où s'éleva une bonne odeur qui vint titiller les narines de la chanteuse qui n'avait encore rien mangé de la journée. Cet après-midi-là, la cigale avait une faim d'un méchant loup prêt à dévorer la grand-mère d'une petite fille. Mais notre cigale ne voulait pas dévorer sa belle-mère, non. Cet après-midi-là, notre cigale affamée voulait happer d'un trait ces haricots bien épicés qui bouillaient dans la marmite de la reine Tanga. Son ventre bourdonnait et sa bouche salivait. Ce fit donc avec indifférence qu'elle répondit à toutes ces salutations que lui adressait madame la reine, sa belle-mère.

« Bienvenue, mon beau fils, ça va? Et comment va mon petit-fils, votre nouveau-né? Et comment va ma fille, ta charmante épouse? Avez-vous reçu le paquet de gari que je vous ai envoyé? »

Ventre affamé n'a point d'oreilles, vous savez, la cigale ne faisait que hocher timidement la tête.

« Ah! si je pouvais piocher une bonne main de ce délicieux haricot fumant et l'envoyer dans mon ventre bourdonnant, je serais très heureuse », grognait-elle intérieurement.

Malheureusement la cigale ne pouvait pas dire à sa belle-mère qu'elle avait faim. La cigale ne pouvait pas demander, savez-vous pourquoi?

— Oui, parce qu'en Afrique on ne demande pas les choses.

— Oui surtout pas à ses beaux-parents. En fait, dans la coutume, on ne demande jamais n'importe quoi n'importe comment à son beau-père ou à sa belle-mère. Parce que si tu demandes trop, surtout la nourriture, cela veut dire que tu n'es pas un homme digne d'épouser leur fille.

— Papa, j'ai une question.

— Je t'écoute, mon fils.

— Et quand on a faim, qu'est-ce qu'on fait?

— Quand on rend visite aux beaux-parents et qu'on a faim, on attend qu'on te propose à manger. Et même quand on te le propose, on n'y saute pas dessus comme un chien sans bonnes manières, on repousse l'offre, on peut dire, non je n'ai pas faim. Tu dois donner aux beaux-parents l'occasion d'insister car ils vont toujours insister pour que tu manges. Toi cependant tu dois demeurer tranquille et bien sage.

D'ailleurs la cigale avait aussi honte de demander la nourriture à sa belle-mère. Une belle-mère n'est ni ta grand-mère ni ta mère. À ces deux-là, on peut tout demander mais rarement à une belle-mère. La cigale se tint donc bien tranquille et bien...?

— Sage.

— Bien sage, très bien mon enfant.

Alors sa belle-mère lui dit : « Je t'apporte un verre d'eau mon fils, il fait trop chaud aujourd'hui »

Dès que la reine Tanga fut sortie pour lui chercher un verre d'eau, la cigale, dont la faim rongeait à en mourir, se précipita dans la cuisine, fonça ses deux mains dans la marmite et y piocha une grande quantité de haricots fumants et remplit son bonnet. Elle posa son bonnet sur la tête et revint s'asseoir pour attendre l'eau. Pendant qu'elle attendait sa belle-mère, la soupe chaude et crémeuse brûlait sa tête et dégoulinait sur ses joues jusqu'à son menton. Lorsque sa belle-mère se présenta avec le verre d'eau, la cigale avait tellement honte qu'elle aurait préféré rentrer sous terre.

— Pourquoi avait-elle honte, la cigale?

— Parce qu'elle s'était servie sans demander la permission.

— C'est exact.

La belle-mère lui tendit de l'eau. Après avoir bu, elle demanda la permission de se retirer parce qu'une atroce douleur brûlait son cuir chevelu. Elle souffrait, pauvre cigale, mais prise de honte elle ne pouvait rien avouer.

« Belle maman, je dois partir »

« Mais non mon fils, reste pour manger »

« Belle-maman, j'ai mangé avant de venir, je n'ai pas faim »

« Tu dois manger mon enfant, tu as une longue route, il te faut des forces, allez assois-toi et mange »

« Désolé, belle-maman, je me sens très mal, je dois partir, j'ai vraiment mal au ventre, ça bourdonne, aïe, mal à la tête, ça brûle, ça chauffe, aïe, aïe, que j'ai mal partout, il faut que je m'en aille, belle-maman »

« Reste assis » insista la belle-mère, « tu dois manger, pour ton mal de tête je vais t'apporter le thé aux racines du *quinquéliba* et pour tes bourdonnements au ventre je connais un très bon remède : ma soupe aux haricots bien épicée, attends-moi je reviens mon fils, tu vas bien te régaler ».

La belle-mère partit rapidement lui chercher le thé à la racine de *quinquéliba* pour son mal de tête et la soupe aux haricots pour calmer les bourdonnements de son ventre. Lorsqu'elle revint, la cigale avait disparu. Pauvre cigale, la douleur avait été si forte et la faim la tenaillait, au point qu'elle ne pouvait tenir en place. Elle courut et alla trouver refuge sous un gros fromager. Savez-vous ce que c'est qu'un fromager?

— Oui, c'est un gros arbre qui donne du pain, du lait, de la farine et du fromage.

— Bravo, tous les meilleurs aliments que tu aimes, est-ce que c'est ça, un fromager?

— Non papa, un fromager est un gros monsieur qui fabrique et vend du fromage.

— Très bien mais écoutons ce que dit votre mère.

— Un fromager est un très grand arbre de la famille des bombacacées des régions tropicales, aux racines disposées en contreforts au bois très tendre et qui malheureusement ne fournit pas du fromage mais du kapok qui est une fibre très légère constituée par des poils très fins et soyeux recouvrant les graines. Le fromager est aussi appelé le kapokier. Mais je suis aussi d'accord avec toi, un fromager est aussi un fabricant et un vendeur de fromage. Ici dans l'histoire de votre père il s'agit d'un arbre.

— Merci maman!

Alors, la cigale alla sous le fromager et commença à gémir en battant ses ailes. Elle qui chantait si bien commença à chuchoter. Un termite, de la famille des isoptères, habitant dans les régions tropicales passa par-là et entendit des gémissements. Il s'approcha du fromager et, surpris de voir la cigale grelottant, gémissant et chuchotant là sous ce grand arbre, il demanda :

« Qu'as-tu cigale, pourquoi es-tu là toute seule sous cet arbre géant? Pourquoi chuchotes-tu au lieu de chanter comme d'habitude, ne fait-il pas assez beau pour toi aujourd'hui? »

Il faisait pourtant très beau cet après-midi-là : les oiseaux chantaient sur les branches des arbres, les papillons voltigeaient de fleur en fleur, le soleil brillait pour tout le monde. Seule la cigale était triste, la cigale avait mal, la cigale avait honte, la cigale ne chantait pas. Elle chuchotait. Le termite, content du soleil qui brillait sur ses deux paires d'ailes s'éloigna de la cigale en chantant à gorge déployée.

La cigale chuchote encore aujourd'hui. Elle chante aussi bien sûr, mais de temps en temps elle s'arrête de chanter. Elle chuchote. Elle regrette son acte en chuchotant.

Que regrette-t-elle?

— Elle regrette d'avoir pris la nourriture sans demander la permission.

— Elle regrette d'avoir volé.

Et que chuchote-t-elle?

— Je ne le ferai plus.

— Ce n'est pas bien de voler.

— Il faut toujours demander la permission.

Et voilà, je pose mon histoire devant vous et que celui qui a des oreilles entende et que celui qui entend comprenne!

Le jour du Python à cornes

Raconté et traduit de l'anglais en français par Comfort Iyassé Ero (Nigeria)

Ceci se passe au milieu du XXe siècle. Depuis longtemps déjà, les missionnaires sont installés tout le long de la côte atlantique du Nigeria. Et ça, c'est bien avant qu'ils n'introduisent l'école dans le village d'Udo. Le christianisme est également bien implanté. Malgré leur conversion à cette nouvelle doctrine, de nombreux indigènes pratiquent toujours leur culte et leur propre mode de vie traditionnel.

Dans le village d'Udo vivent deux cousines qui sont aussi deux meilleures amies : Dala et Nékpén. Elles font partie des très rares élèves à fréquenter la nouvelle école missionnaire.

L'enceinte de l'école est construite comme les autres huttes du village, mais elle est séparée par une clôture de chaume. Pendant la récréation, les élèves sont autorisés à rentrer chez eux pour grignoter, se désaltérer ou déjeuner, parce que plus de la moitié des huttes du village sont très proches de l'enceinte de l'école.

Ce jour-là, alors que les élèves sont en pause, Dala et Nékpén sortent de l'enceinte de l'école en courant et se glissent joyeusement dans la chaleur éclatante du soleil matinal. Elles chantent et tapent des mains en longeant le chemin qui mène à la hutte de Dala. Chacune d'elles décrit avec enthousiasme le déjeuner qui l'attend.

« Le mien est une bouillie de coco Yam, riche, épicée et cuite dans de l'eau et de l'huile de palme », déclare Dala.

« Quant à moi, dit Nékpén, hum ! Attends voir, hum ! Le mien est une purée de plantain mûr assaisonnée d'oignon, d'ail, de crevettes et cuite à la vapeur dans l'huile de palme. Oh ! j'ai hâte d'y goûter ! Ma mère est une très bonne cuisinière », exulte Nékpén.

« Allons d'abord chez nous », supplie Dala au moment où elles ralentissent.

Nékpén hésite : « Pourquoi pas ! » Elle est bien curieuse de goûter la bouillie de taro de Dala avant de se rendre dans sa propre hutte. Les deux filles entrent dans la concession de Dala.

« Est-ce qu'il y a quelqu'un ? » crie Dala en entourant sa bouche de ses deux mains comme pour en faire un micro.

À part sa voix qui lui revient en écho, il n'y a aucune réponse à sa question. Elles avancent silencieusement d'un pas hésitant. Juste à la porte, elles s'arrêtent et regardent à l'intérieur et, de peur d'être surprises, elles y entrent précautionneusement. Lorsque leurs yeux s'habituent à la pénombre de la hutte, Dala, un peu rassurée, reprend la conversation.

« Nékpén... je sais.... Mon frère doit sans doute dormir sur la natte dans son coin habituel... et ma mère ne doit pas être loin, elle... »

Tout en scrutant la pièce mal éclairée, ses yeux se posent sur ce coin habituel où une forme étrange a pris place. Tout à coup, elle s'arrête net, se raidit et, sans un mot à sa meilleure amie, elle sort en hurlant.

Ignorant ce qui effraie son amie, Nékpén court après elle. Toutes deux courent à perdre haleine et Dala n'arrête pas de crier : « Serpent, python ! Ô mon Dieu, mon frère ! »

Elles croisent un petit garçon qui, sans poser la moindre question, se joint à elles en criant à son tour :

« Serpent ! À l'aide...un puissant python dans sa hutte ! Son frère ! »

Puis, une femme âgée sort de sa hutte en courant, se joint à eux et, sans poser aucune question, commence à hurler plus fort que les trois autres :

« Au secours, un python, le python des dieux est sorti et a attrapé son frère ! »

Derrière elle un homme, courant plus vite que le lièvre tout en regardant à gauche et à droite comme si le fameux python des dieux est à ses trousses, vocifère à vous casser les tympans :

« Un python géant a élu domicile dans leur hutte, il a avalé son frère et sa mère est en danger ! »

Lorsque Dala et Népkén qui, après avoir couru sans s'arrêter, arrivent tout essoufflées à l'entrée principale de l'école, tous les villageois en sueur sont derrière elles, bruyants et murmurant tous à la fois :

— Un python géant dans sa case...Eh oui et il a avalé son frère... et sa maman...Ô mon Dieu, les dieux sont fâchés, les ancêtres nous abandonnent, qu'allons-nous devenir ?

— Un python tout noir, long comme ça, voyez-vous mes deux bras ? (Il tend ses deux bras horizontalement et continue :) sa tête est là sur mon index droit et sa queue s'arrête juste là-bas sur mon index gauche, et il a avalé aussi son père.

— C'est un python cornu ! Le python des dieux. Il a étranglé sa sœur et l'amie de sa sœur aussi ! »

Un des enseignants arrive en courant et prend la peine de poser une question.

« Que se passe-t-il ? »

Un bref silence s'installe puis, soudain, ils crient tous à tue-tête, chacun imposant sa voix pour prouver qu'il maîtrise mieux la situation.

— Un python !

— Non... pas un python ordinaire !

— C'est définitivement un esprit !

— Un python cornu, Agbigho ! Le python des dieux !

— Un bébé innocent et sa mère gisent en ce moment morts, étranglés par le python. Cette case est maudite !

La foule gémit. Alors, l'enseignant implore :

— Gardez le silence et conduisez-moi là-bas !

Trois braves hommes ouvrent la marche, suivis de l'enseignant. La foule, derrière lui, suit à distance. Dans la foule, on entend pleurer les parents de Dala.

Arrivés à l'entrée de la hutte, les trois braves hommes s'écartent pour laisser passer Monsieur l'instituteur. Ce dernier, muni d'un gros bâton entre dans la hutte, talonné par les trois braves villageois. Tout le village, pris de peur, murmure et se demande ce que la famille de Dala a bien pu faire pour mériter la visite du python cornu des dieux.

Après un long et interminable moment, Monsieur l'instituteur et les trois braves hommes sortent enfin. Au bout du bâton que l'enseignant tient dans sa main droite pend un morceau d'emballage d'Ankara – un tissu africain multicolore qu'il montre au public. Sur son bras gauche, il porte le petit garçon qui, malgré ses yeux encore endormis, a l'air hébété.

Un silence de mort paralyse les habitants qui se regardent honteux et incrédules.

« Où est le python ? » demande timidement quelqu'un dans la foule.

« Là, au bout du bâton », lance l'enseignant souriant mais moqueur tout en faisant balancer devant l'assemblée le tissu d'emballage.

Et un rire retentit dans la foule, puis deux, puis tout un mélange de rires : nerveux, joyeux, secs, timides, rires de gêne et de honte, de colère et d'ignorance, de ridicule aussi mais surtout de soulagement.

« Dieu merci » témoignent les villageois, les mains et les yeux levés vers le ciel, « le village ne court aucun danger ».

Les rires de toutes sortes fusent et retentissent dans tout le village.

À la fin, la foule plonge dans un fou rire époustouflant. Ils ont couru sans s'arrêter, ils ont tous couru sans poser de questions, chacun d'eux a couru sans savoir ce qui se passait réellement. Ils ont entendu et ils ont crû les yeux fermés. Ils ont entendu quelqu'un crier : « *Le python !*»

Et ils ont couru à l'aveuglette, talons aux fesses.

L'ignorance est un danger qui nous tue lentement, à petit feu... !

- Réécrit et adapté par Jean Pierre Makosso

La soupe délicieuse de Maman

Raconté par Akhtar Khajeh Amiri (Iran)

Dans un petit et joli village, sous un ciel bleu, vivaient une gentille dame et son beau petit garçon. Quand il était très petit, ce beau garçon aimait beaucoup la soupe délicieuse que sa maman préparait spécialement pour lui. Alors, un jour, il demanda à sa maman de lui préparer cette soupe qu'il adorait tant. Malheureusement, cela faisait bien longtemps que la maman n'avait plus jamais préparé cette soupe. Elle ne se souvenait même plus de la dernière fois où elle l'avait préparée pour lui. Elle ne savait même plus combien de pois chiches elle y mettait et combien il fallait de haricots pour qu'elle goûtât si bien, comme son fils l'adorait... Oui, la pauvre maman avait tout simplement oublié la recette de la délicieuse soupe que savourait son enfant. Elle lui dit pourtant :

« Cours chez la voisine lui demander combien de pois chiches et combien de haricots je dois mettre dans la soupe et reviens vite. »

Le garçon s'en alla trouver la voisine et lui dit :

« Excusez-moi, ma maman m'envoie vous demander combien de pois chiches et combien de haricots doit-elle mettre dans sa soupe, le savez-vous ? »

La voisine, bien qu'étant pressée, lui répondit tout de même:

« Une poignée de ci, deux poignées de ça... »

Le garçon, un peu tête en l'air, au lieu de retourner directement à la maison fit un long détour et, pour ne pas oublier les mesures de la soupe, répéta tout en marchant :

« Une poignée, deux poignées, poignée, deux poignées…euh, trois, non…une poignée… »

Il erra ici et là, sautilla, trottina et dansa en chantant joyeusement : *«Une poignée, deux poignées... quatre poignées...non, trois poignées...»*

Sans s'en rendre compte, il se retrouva devant un champ de blé. Il se fit arrêter par le propriétaire du champ qui lui demanda :

« Hé, petit, que fais-tu en ces lieux et pourquoi marmottes-tu *« une poignée, deux poignées...* » Pourquoi ne dis-tu plutôt : *« un blé, 1000 blés* » afin que l'univers t'entende et fasse en sorte que chaque blé semé donne 1000 blés pour l'abondance de tous? »

Le petit garçon approuva en disant :

« Bonne idée, Monsieur! »

Tête en l'air, il continua son bonhomme de chemin en chantonnant: « *un pour 1000, un pour 1000* ». Tout joyeux, il atteignit un autre champ de blé où les gens courraient partout tout en essayant de chasser des milliers de sauterelles qui avaient envahi le champ, mangeaient les grains et détruisaient tout sur leur passage.

Il fut interpellé par un pauvre cultivateur qui lui dit :

« Hé, marmot, qu'est-ce que tu marmottes ? Ça porte malheur, ça! Au lieu de dire, *un pour 1000,* dis plutôt : *Que Dieu les anéantisse* »

Le jeune enfant dit :

« D'accord, d'accord, que Dieu les anéantisse, que Dieu les anéantisse! » répéta-t-il tout en sautant de joie. Il courut un pied après un autre et arriva près d'une maison.

Un attroupement de gens bien tristes était devant la porte. D'autres pleuraient.

« Que Dieu les anéantisse, que Dieu les anéantisse » priait-il sans arrêt en sautillant.

Une dame en larmes se détacha de la foule, s'approcha de lui et l'apostropha :

« Hé, petit morveux, qu'est-ce que tu marmottes ? Arrête de prononcer ces mots, tu ne vois pas qu'on est en deuil ? Tu ne vois pas qu'on a perdu un être cher ? Au lieu de sautiller comme un chiot joyeux tout en disant n'importe quoi, tu devrais te montrer sympathique, partager notre chagrin et notre douleur d'âme ; il faut que tu compatisses avec nous, que tu sois triste comme nous et que tu pleures toi aussi… »

Le petit garçon arrêta de sauter, alla s'asseoir dans un coin, loin de la maison, et commença à pleurer. Au même moment, une autre dame, très émue, croyant que l'enfant s'était perdu vint le consoler tout en le conseillant :

« Que fais-tu ici, tout seul, mon enfant ? Pourquoi pleures-tu ? Un petit gentil garçon comme toi doit sauter de joie, chanter, danser et s'amuser. Les enfants ne doivent pas pleurer. Allez, lève-toi, sèche tes larmes et retourne tout de suite chez toi. Connais-tu ton chemin ?

« Oui Madame », répondit le petit garçon.

Le petit garçon se leva et commença à sauter en l'air, à danser et à chanter comme la dame le lui avait conseillé. Il arriva enfin chez lui. Sa mère lui demanda :

« Où étais-tu passé, j'ai été très inquiète. C'est quoi finalement, la réponse de la voisine ? Combien de pois chiches et combien de haricots…pour la soupe… ?

Le petit garçon dit :

« Désolé, maman, je suis allé très loin de la maison, je me suis égaré… mais …quelle voisine, quelle réponse ? Pois chiches ? Haricots ? La soupe ? Hum !!! »

La maman, fâchée et déçue, dit :

« Quoi ? Dis-moi alors, tête en l'air, pourquoi tu étais sorti, hein, dis-moi ? »

Le petit garçon dit :

« Hum...je me rappelle maintenant, mais la dame m'a dit que je devais danser et chanter et m'amuser, je ne devais pas pleurer ni dire des choses comme ça, maman... »

La mère lui demanda de raconter ce qui s'était passé et le petit garçon lui raconta l'histoire de ses rencontres avec plusieurs personnes sur son chemin et surtout ce qu'il avait entendu...

Toutes ces histoires firent rire la maman. Elle prit le petit garçon dans ses bras et lui dit :

« Écoute-moi bien, mon chéri : n'oublie jamais ce que tu viens d'apprendre aujourd'hui. Ce qui s'est passé, ce que tu as vu et entendu est une vraie leçon de vie. Tu dois en tirer une bonne sagesse et en faire bon usage.

« Mon chéri, dorénavant, et pour toujours, n'oublie plus la raison pour laquelle tu quittes la maison. Surtout ramène toujours ce pourquoi tu es sorti ; n'oublie jamais tes questions et tes interrogations. Réfléchis bien et n'oublie jamais quelle réponse serait plus adéquate par rapport à ta question.

« Ne t'attarde jamais dans les futilités !

« Ne t'éloigne jamais ni de ton but initial ni de tes objectifs !

« Suis ton chemin sans dériver, et tu trouveras ta réponse, mon fils bien-aimé ! »

- Traduit du persan en français par : Roxanne Groulx
- Réécrit et adapté par Jean Pierre Makosso

Les deux amis inséparables

Raconté par Ayobami Ajagbe à sa famille (Bénin)

Voici mon conte!

Mon conte, il roule, il roule!

Savez-vous où il tombe?

Dans un grand village.

Dans ce village-là, vivaient parmi d'autres animaux, deux amis inséparables : le chien et la tortue. Ils s'aimaient tellement que rien ne pouvait les séparer. Ils se voyaient tous les jours et se taquinaient joyeusement. Ils mangeaient toujours ensemble et faisaient presque tout, ensemble. Dans le village, chaque animal avait bien envie d'être ami-ami avec quelqu'un comme l'étaient le chien et la tortue. Ils vivaient donc sans inquiétude jusqu'à ce que la disette s'installe dans le village.

Le manque de pluie dans le village durcit la terre qui ne produisit plus rien. Rien ne poussait en effet. Tout le monde mourait de faim. La terre était aride. Il n'y avait ni mil ni maïs ni patate ni carotte. La tortue perdit son embonpoint et le chien maigrissait à chaque seconde. Il grognait, il boudait et aboyait en menaçant tous ceux qui s'approchaient de lui. Sa femelle, qui était si mignonne et si gentille l'évitait car il devenait insupportable et agressif. Jamais elle n'avait vu son mâle aussi laid et aussi maigre, lui qui auparavant avait des muscles à soulever les montagnes. Elle se rappelait le temps où son mâle, encore fort adolescent, courait après elle dans les prairies et dans les savanes. Elle se rappelait aussi ce moment où elle avait failli se noyer dans le lac de la forêt. C'était une nuit de clair de lune.

Elle nageait tranquillement sous cette clarté lunaire, libre et épanouie. Elle plongea sous l'eau et fut prise par un tourbillon qui étira ses pattes, sa tête, et quand enfin elle ressortit, une crampe horrible saisit son cou et sa queue. Elle ne pouvait plus nager. Pourtant, avant de se noyer, elle cria :

« Au secours, au secours, je me noie ».

L'adolescent animal, qui venait chaque nuit flâner par-là, entendit un cri à l'aide et aperçut une silhouette qui se débattait sur l'onde endormie. Sans attendre, il entra dans l'eau et nagea jusqu'à elle. Il la ramena sur le rivage. Elle avait perdu connaissance. Il la ranima, elle reprit vie et le vit. Ils ne se quittèrent plus jamais. Elle se rappelait toujours ce grand adolescent à la force herculéenne qui lui avait sauvé la vie. Elle laissa couler quelques larmes. Son hercule et sauveur avait vraiment maigri. Qui les protégerait si on venait à les attaquer? Elle s'inquiétait. Elle avait faim elle aussi mais elle ne voulait pas l'admettre. Elle se plongeait dans ses meilleurs souvenirs pour garder l'espoir car l'espoir fait vivre les plus démunis. L'espoir ramène les affamés à la vie.

Ah! souvenirs!

Une fois aussi, assise avec son mâle aux abords d'un clair ruisseau, elle vit une bande de tilapias qui se glissaient sous l'eau claire pour rejoindre le grand lac. Son robuste mâle fit un bond et hop! attrapa le poisson et le déposa à ses pieds comme pour lui demander en mariage. Ce jour-là, pour le remercier, elle happa de sa langue l'eau qui coulait sur son pelage pour le sécher.

Aujourd'hui, son mâle faisait pitié :

— Ah mon pauvre mâle, allez, aie foi en toi, nous allons nous en sortir, je crois en toi tu sais, tu es un être de grands exploits » lui souffla-t-elle.

Attendri, il demanda :

— As-tu vu la tortue, est-elle passée par ici ?

— Non, répondit-elle.

La tortue, elle, traînait ses pattes loin de la forêt. Elle entra dans un domaine privé et grande fut sa surprise de découvrir dans cette étendue une plantation d'ignames et de bananes, de concombres et de cannes à sucre. Elle pinça son nez, très fort et eut très mal. Elle crut qu'elle allait se réveiller d'un rêve merveilleux. Elle ne rêvait pas. Elle pensa qu'elle avait les yeux fermés et qu'elle ne voyait pas bien alors elle les ouvrit grandement. C'est bien ce qu'elle voyait : un immense champ de haricots et de cocos. Est-ce que son cerveau lui jouait des tours de magie? Elle cueillit une tomate, ouvrit largement son bec et l'envoya dans sa gorge. Elle la savoura avec plaisir.

« Alléluia », dit-elle. Elle courut l'annoncer à son meilleur ami car les amis sont faits pour s'entraider.

— Très cher ami, élève ta voix et dis « gloire à Dieu! »

— Pourquoi glorifierai-je un Dieu qui nous laisse mourir de faim? demanda le chien.

— Chante « alléluia » car nous sommes sauvés.

— Pourquoi chanterai-je « alléluia » à un Dieu insensible à tous nos malheurs? Qu'est-ce que tu as au juste?

— Pendant ma promenade matinale, lui confia la tortue, j'ai découvert un champ de tomates et de patates.

— Qu'est-ce que ça veut dire un champ de tomates et de patates?

— Ça veut dire un champ plein de concombres et de cannes à sucre.

— De concombres et de cannes à sucre?

— Oui!

— Écoute, je n'ai rien mangé depuis une semaine et à cause de cette grande famine, ma femelle est dans le coma, et toi, tu viens me dire que tu as dans ta promenade oisive, découvert un champ d'ombres et décombres?

— Non...euh...oui, je veux dire pas d'ombres ni de décombres mais un immense champ de maïs et de...

— Attends, doucement, tu as dit « maïs » aussi?

— Oui, le maïs et le mil.

— « Alléluia, gloire à Dieu », aboya le chien, puis se retenant ajouta : « Cher ami, ce champ ne nous appartient pas, alors que faire?

— Tu as raison, que faire, laisse-moi réfléchir.

La tortue entra sa tête dans sa carapace, la ressortit et dit en souriant :

— J'ai une idée.

— Dis-moi, dis-moi cher ami, quelle est donc ton idée?

— Eh bien voilà : demain bien avant que le coq ne chante, nous serons déjà dans le champ et nous cueillerons tout ce dont nous avons besoin avant même que le propriétaire ne se réveille. Nous en prendrons pour tout le village car il faut nourrir nos populations. Ma femelle n'en peut plus.

— Oh! la pauvre! Alors, à demain, cher ami, retrouvons-nous au carrefour des chemins avant le coquerico.

— Oui, au carrefour des chemins avant le coquerico.

Le chien alla donc dormir, très satisfait. Très tôt ce matin-là, bien avant l'hymne de la basse-cour, ils se retrouvèrent à la croisée des chemins et se dirigèrent dans le champ du cultivateur. Le chien fut emporté par tous ces produits agricoles et en cueillit pour sa femelle sans perdre du temps. La tortue cependant remplissait tranquillement son sac à dos. Le chien, ayant cueilli assez, sortit du champ lorsqu'il entendit le coq chanter.

— Allons-nous-en, dit-il, le coq a chanté, le propriétaire sera bientôt là.

— Attends un instant, il me faut du manioc pour ma belle-mère.

Le chien, impatient se tenait à la lisière du champ, regardant à gauche et à droite, se demandant par où le propriétaire allait surgir.

— Allons-y, s'il te plaît, le propriétaire risque de nous surprendre.

— Un petit instant je te prie, ma carapace est presque pleine, supplia la tortue.

— Je vais t'abandonner et tant pis pour toi.

— Ne fais pas ça ami fidèle, nous sommes inséparables, nous sommes une famille ne l'oublie pas, et une famille, ça ne s'abandonne pas.

— Oui mais pas au point d'être pris la main dans le sac et de risquer ma vie. Je compte jusqu'à trois et si tu ne te décides pas à déguerpir je pars sans toi.

Mais la tortue ne l'entendait pas de cette oreille. Elle voulait tout avoir : le manioc, les carottes, les concombres. Elle alla même jusqu'à arracher l'arachide.

Le chien compta à voix basse car le jour pointait déjà à l'horizon.

« Un! »

— Une minute, regarde, du piment, est-ce que tu as pris du piment?

« Deux! »

— Allez, encore deux minutes s'il te plaît, vois-tu ces aubergines, c'est très bon avec le poisson salé, prends-en pour ta femme, elle adore les aubergines.

« Trois! »

— Ah! le haricot vert, ma femme adore le haricot vert, parait que ça soigne les rhumatismes, il m'en faut en grande quantité, tu en veux toi aussi cher ami, les haricots verts? Viens prendre, je te donne une bonne poignée.

Le chien n'entendit pas l'offre chaleureuse de son ami. Il murmura :

« Un homme averti en vaut deux, une femme trois, c'est la loi des humains mais un animal averti en vaut quatre, alors je prends mes pattes à mon cou, au revoir, si on t'attrape, tu ne me connais pas. »

Il joignit le geste à la parole et alla vite retrouver sa femelle. Ensemble, ils se gavèrent de maïs, de mil, d'ignames et de patates douces.

Pendant ce temps, la tortue continuait sa cueillette des haricots verts.

« Qu'ils sont dodus, qu'ils sont beaux ces haricots. »

Elle grignotait et chantait :

« Cher ami, en veux-tu, ça goûte, ça chante ces haricots, tu n'en veux pas vraiment?

« Si, j'en veux! »

La tortue avait bien entendu une voix d'homme et pas n'importe quel homme! C'était la voix du propriétaire.

— Que faites-vous dans mon champ? demanda-t-il à cette intruse.

— Quoi, que dites-vous? demanda-t-elle tranquillement en se retournant, puis, reconnaissant le propriétaire, elle balbutia :

— Oh! Excusez-moi je suis confuse

— Ne faites pas la maligne avec moi, menaça le cultivateur, furieux, que faites-vous dans mon champ?

— Qui êtes-vous, où est le chien?

— Quel chien?

— Mon compagnon, celui qui m'a amené ici, et vous, que faites-vous ici?

— Ceci est mon champ, et bon Dieu, c'est à moi de vous poser cette question, alors répondez avant que je ne vous coupe la tête avec mon coupe-coupe que voici. Et pour commencer donnez-moi tout ce que vous avez fourré dans votre sac à dos sinon...

Le cultivateur leva son bras droit ; il tenait dans sa main un coupe-coupe et menaçait de trancher d'un seul coup la tête de la tortue.

— Attendez, n'agissez pas sous l'effet de la colère. La colère est une courte folie, et lorsque vous agissez sous son effet, vous risquez de commettre des crimes que vous regretterez toute votre vie. Comme je vous disais, c'est le chien qui m'a forcé à venir. Il m'a porté sur son dos parce que je marche très lentement. Quand nous sommes arrivés ici, il s'est servi et a disparu plus vite qu'un éclair en vous voyant arriver.

Il n'a pas eu le temps de me soulever. Ce que vous voyez sur mon dos n'est pas un sac fourre-tout mais une carapace qui me sert de toiture et me protège contre les rayons de soleil et les gouttes de pluie.

— Voyez-vous comment vous avez saccagé mon champ? Vous avez déterré mon manioc, arraché mes arachides et mon maïs!

— Excusez-moi, dit la tortue, j'avais faim, je ne mangeais que les haricots verts, c'est tout ce que nous mangeons, nous les reptiles, le haricot vert, mes pattes sont si courtes et mon bec si fragile, alors, je ne peux pas creuser la terre. C'est le chien qui a tout saccagé avec sa gueule, ses crocs et ses pattes. Il a creusé et a tout emporté : manioc, carottes, patates.

— Silence et conduis-moi auprès de ton compagnon! Si tu as menti, je t'exposerai aux rayons de soleil et aux gouttes de pluie en brisant ta carapace d'un grand coup de mon coupe-coupe. Allez, marche devant, lui intima le cultivateur.

La tortue ouvrit la marche. Elle marchait lourdement en se ramassant comme un escargot. Elle chantait :

« *Adjadjo waromilahu*

Djangala tokué... »

« J'aurais mieux fait de t'écouter cher compagnon, me voilà sous la menace du cultivateur énervé, qui a son coupe-coupe sur moi, prêt à me couper la tête. Il va aussi te décapiter, alors il faut que tu me sauves. J'aurais dû t'écouter, mon très cher ami fidèle. »

La compagne du chien entendit la plainte de la tortue mais surtout, elle comprit la menace du cultivateur. Elle alla avertir son sauveur.

— Il y a un danger, le danger approche, la tortue apeurée avance avec le cultivateur menaçant. Ils viennent chez nous. Le cultivateur avec son coupe-coupe, que va-t-il faire, va-t-il nous couper en quatre?

— N'aie pas peur, chère compagne, apporte-moi le beurre de karité et deux œufs de poule.

Sa compagne alla prendre ce qu'il demanda.

— Maintenant, enduis tout mon corps du beurre de karité sans manquer une petite partie.

Sa compagne le couvrit d'huile de karité de la tête aux pieds et des pieds à la tête.

— Parfait, allez passe-moi les œufs.

Il prit les deux œufs, les plaça dans sa bouche de chaque côté de ses joues et alla se mettre près du feu. À peine le beurre commençait-il à fondre sur son pelage qu'on entendit trois coups secs à la porte. La femelle du chien alla ouvrir. La tortue était devant elle et, derrière la tortue, se tenait le cultivateur rigide et menaçant avec un coupe-coupe à la main.

— Bonjour, dit la tortue, comment vas-tu?

— Quelle surprise, tortue, j'espère que toi au moins tu vas bien. Contente de te voir, je commençais à m'inquiéter pour toi aussi, cela fait presque une dizaine de jours qu'on ne t'a pas vu traîner par ici.

— Comment ça, dix jours?

— Oui, enfin, presque, pas plus tard qu'hier, je demandais à ton frère si tu savais qu'il était sérieusement malade. Cela fait presque une douzaine de jours qu'il n'a pas quitté le feu. Il a froid, il vomit, qu'a-t-il? Le paludisme peut-être… Guérira-t-il, ne guérira-t-il pas, je n'ai aucune réponse à toute ces questions. Dieu seul sait ce que demain nous réserve.

— Quoi, que dis-tu là? J'étais avec lui ce matin, nous sommes allés au champ du Monsieur, nous avons…

— Qu'as-tu tortue? demanda la femelle du chien, est-ce que tu vas bien? Tu ne fais pas de la fièvre par hasard?

— Alors, tortue, qu'as-tu à dire pour ta défense, je t'écoute, dit le cultivateur.

— Tortue, va à l'intérieur voir ton frère, va voir dans quel état il se trouve. Ta présence d'ailleurs va le réconforter, conseilla la femelle du chien.

La tortue et le cultivateur entrèrent et trouvèrent le chien presque mourant. Ce dernier se redressa faiblement en voyant son ami et parla d'une voix enrouée :

— Cher ami, te voilà enfin, je suis content, je me suis inquiété de ton absence. Je serai venu te voir aussi mais je suis cloué ici depuis presque deux semaines. Je suis surpris que tu ne sois pas venu me voir plutôt. Si je n'avais pas été malade moi-même, je serais venu. J'ai même confié à ma compagne très tôt ce matin, j'ai dit : « Non, mon meilleur ami n'est sans doute pas au courant »

— Mais voyons qu'est-ce que tu me chantes-là? s'étonna la tortue. Nous étions toi et moi ce matin dans la plantation du Monsieur, nous avions cueilli les aubergines.

— Des aubergines, merci cher ami, tu m'as apporté des aubergines, comme c'est gentil! Et où les as-tu cueillies ces aubergines? Ah, tu dis que c'est Monsieur qui te les a données? Bien gentil à vous aussi, Monsieur!

— Dans la plantation du cultivateur, on a pris les ignames aussi, j'étais ce matin là-bas avec...

— Avec lui? Et tu m'as apporté des ignames aussi, si tu savais que cela fait des mois que j'en n'ai pas vu un de mes yeux!

— Mais cher ami...tu te tu te...

— Désolé si je ne te suis pas très bien, je suis très mal en point, je te jure, ha, ha... Désolé, je... ah... je...hic...je...hic

Le chien cassa l'œuf de sa joue gauche et le cultivateur vit sortir de sa gueule un liquide blanc-jaunâtre. Il détourna sa tête de dégoût.

— Mais tu es malade, ce n'est pas vrai, tu es vraiment malade, ce n'est pas possible, comment peux-tu me faire une chose pareille...

— Je suis vraiment malade, oui, désolé si je ne t'en ai pas parlé.

— Non tu es fou, fou à lier, tu...hurla la tortue...

— Viens avec moi, tortue, tu vois très bien qu'il est malade, il vomit, tu m'as menti...c'est toi qui as saccagé mon champ, n'est-ce pas, pas le chien : tu vois dans quel état il est?

— Mais je dis la vérité, j'ai été attiré par le haricot vert, il goûtait tellement…

— Le haricot vert, tu m'as apporté le haricot vert, chère compagne, écrase le haricot vert et fais-moi un thé de haricot et d'oignon, apporte-le-moi, il va arrêter mes nausées…je…hic…je hic…

Il cassa l'œuf de sa joue droite et cracha du jaune et du blanc gluant sur le pied du cultivateur. Ce dernier, menaçant, entraîna la tortue à l'extérieur en grommelant :

— Tu n'as plus rien à dire pour ta défense.

Il la posa par terre et commença à donner des grands coups de coupe-coupe sur sa carapace. La carapace de la tortue, pourtant si lisse, forma des lignes et des formes géométriques et ressembla à un collage de peaux d'animal. La femelle du chien s'approcha du cultivateur et lui dit :

— Ne te fatigue pas. Quand on veut punir une tortue qui a menti ou volé, on la ramasse d'une main et on la lance très haut vers les nuages et avant qu'elle ne retombe sur terre, les ancêtres la transforment en pierre crasseuse car les voleurs et les menteurs finissent par être punis un jour.

Alors, emporté par la colère, le cultivateur souleva la tortue, la lança très haut dans les airs. Lorsqu'elle retomba, la tortue avait fait rentrer ses pattes et sa tête dans sa carapace. La femelle du chien la ramassa et dit :

— Vois-tu, c'est un caillou que tu as en main, n'est-ce pas?

— Oui, répondit-il, je vais le garder en souvenir.

— Je ne te le conseille pas, dit la femelle du chien, des objets comme ceux-ci portent malheur. Si j'étais toi, je le jetterais très loin dans la forêt là-bas.

Le cultivateur jeta la tortue dans la forêt.

Parfois, il y a des gros cailloux dans la forêt et si vous observez bien, vous verrez qu'il y en a d'autres qui ressemblent bien aux tortues avec leurs carapaces brisées.

Et c'est pourquoi mon conte, il roule, il roule, il roule comme un gros caillou et tombe dans la forêt. Quand vous irez dans la forêt, ramassez-le et confiez-le à quelqu'un d'autre car la sagesse de mon conte se transmet de générations en générations.

Léo, le roi de la savane

Raconté par Doréa Makuza (Rwanda)

Bon voilà, écoutez-moi bien!

Vous m'entendez, est-ce que vous m'entendez tous?

Alors, voilà mon histoire, je vais vous la raconter comme je l'ai vue, parce que je l'ai vue, moi, on ne me l'a pas raconté, une histoire comme celle-ci, ça ne se raconte pas, ça se vit, eh bien je l'ai vécue, je l'ai vue, et puis un conseil, n'allez pas la raconter ailleurs sinon c'est tant mieux pour vous. Il faut la voir pour mieux la raconter. Et comme vous ne l'avez pas vue, vous ne pouvez pas la raconter, c'est clair, une histoire que vous n'avez pas vécue vous ne pouvez pas la raconter.

Moi, je l'ai vue, je l'ai vécue, je l'ai vue sortir de la bouche de Makuza, alors, je la raconte. Je peux la raconter comme je veux. Je la raconte au présent, au passé simple ou au passé composé, à l'imparfait et même au futur, c'est comme ça qu'on raconte les histoires dans ma langue. En revanche vous, si vous voulez la raconter un jour, je vous l'accorde mais, vous devriez toujours commencer cette histoire par sa formule magique :

« Il était une fois... Muän Ma M'kayi qui nous a raconté ce conte du roi de la savane...un conte qu'il a vu sortir de la bouche de Makuza... qui l'a vu sortir de la bouche de sa grand-mère...laquelle l'a vu sortir de... »

Mais moi, je n'ai pas besoin de cette formule parce que je suis dans ce présent, je suis là, et je reviens de là à l'instant même. Je reviens de la vaste savane africaine, et là j'ai vu des animaux de toutes sortes, de toutes les couleurs, de toutes les plumes, de toutes les écailles, de tous les poils, de tous les pelages, de toutes les peaux, de toutes les races, et qui forment tous, une race unique : la race animale. Ils étaient tous un peu différents les uns les autres mais ils parlaient tous le même langage. Ce n'était ni le langage des animaux ni celui des humains ni celui des dieux ou des ancêtres mais ils parlaient tous un seul et même langage que seul moi comprenais. C'est sans orgueil, parce que moi je comprends toutes les langues : la langue des eaux, de l'arc-en-ciel, du tonnerre, du vent, de la pluie, des feuilles, des arbres, des nuages ainsi que celle des oiseaux.

Il y avait Kidogo le petit singe, Abila le zèbre aux rayures noires, Mrefu la grande girafe, Makasi l'éléphant, Vuba la gazelle, Koba le cobra, nommez-les si vous les connaissez mais moi, ce que je sais, c'est qu'ils étaient tous présents.

Et il y avait Léo le lion.

Bon il faut que je vous dise une chose que vous ne répéterez jamais à personne, d'accord, donnez-moi votre parole. Merci, je l'ai et je la garde dans ma poche, parce que vous, les humains, je vous connais, aujourd'hui vous me donnez votre parole et demain, vous la reprenez. Sachez tenir vos paroles et surtout que votre « *oui* » soit « *oui* » et que votre « *non* » soit « *non* », ne nagez pas entre le « *oui* » et le « *non* » sinon vous risquez de vous noyer! Bien, je garde précieusement votre parole dans ma poche alors ne répétez ceci à personne, même quand vous raconterez cette histoire un jour après avoir prononcé la formule magique, ne répétez à personne ce que je vais vous dire maintenant, c'est bien compris?

Merci!

Alors, Léo le lion était le roi de la savane. Et comme tous les rois, il était ce qu'il était c'est à dire qu'il était comme tout le monde : imparfait, car personne n'est parfait dit-on, seul Dieu l'est, d'après ce que j'ai appris au catéchisme. Mais même si on l'accusait de ne pas être parfait, il avait quand même un bon côté. Il protégeait les autres animaux, Il était juste et généreux à sa manière. Il faisait la loi, certes, car il faut bien quelques lois dans la jungle sinon, c'est le débordement sauvage. Un jour le peuple l'appréciait, un autre jour il ne l'appréciait plus. Pourtant le roi veillait à ce que son peuple ne manqua de rien. Il y avait la paix, l'unité et l'harmonie.

Tout allait donc bon train, car même s'il y avait quelques hauts et quelques bas, tout allait bien, et dans un monde où personne n'est parfait, le roi faisait tout ce qu'il pouvait pour assurer le bonheur de tous.

La seule chose, eh bien – vous m'avez donné votre parole, n'oubliez pas, alors ne le répétez à personne – la seule chose donc, dans la jungle, tout le monde veut être roi, tout le monde veut commander, tout le monde, du plus petit au plus grand, du bébé au vieillard. Tout le monde veut le trône.

Alors, j'ai vu le singe se gratter, se tourner, gesticuler et faire des grands signes. Je l'ai observé, il avait l'air nerveux comme s'il se passait quelque chose de pas très saint dans sa tête. Il a donc réuni tous les animaux de la jungle et leur a dit :

— Je n'en peux plus du roi Léo, je ne peux plus le supporter. Pourquoi est-ce lui qui fait toujours la loi sur toute la savane? Il n'est pourtant pas meilleur que nous.

— C'est vrai, s'est exclamé Abila, un prétentieux ce Léo!

— Et il n'a pas la sagesse d'un roi, il ne sait pas diriger un royaume, a renchéri Makasi.

— Moi personnellement je n'aime pas ce roi, s'est plaint Vuba, il me fait peur, il sait être parfois sauvage et dangereux avec les petites gazelles comme moi. Je parie ma tête qu'un jour il me sautera dessus.

— Je suis assez grande certes mais je ne cours pas aussi vite que lui, a reconnu la girafe, alors il me fait peur à moi aussi et j'en ai marre d'avoir peur.

Je les regardais tous, j'avais les yeux arrondis d'étonnement, et eux, avaient des yeux de peur, de haine, de vengeance, de dégoût, de colère et d'orgueil. De jalousie aussi. C'était un complot contre le roi. Tous voulaient se débarrasser de lui. Ils voulaient le surprendre, faire ce que les humains appellent dans leur langage « un coup d'état ». Un coup d'état, c'est quand on te jette une pierre pendant que tu marches et que tu as le dos tourné. Un coup d'état, c'est une trahison pendant que tu vas de l'avant. C'est une faute grave qui mérite un carton rouge comme au football. C'est un croche-pied sauvage d'un footballeur malhabile. Tous lui préparaient un coup d'état parce qu'ils trouvaient tous qu'il n'était pas parfait.

Caché derrière un buisson, j'ai failli crier :

« Ne faites pas ça, ce n'est pas sa faute, personne n'est parfait, pardonnez-le car il ne sait pas ce qu'il fait, allez juste le lui dire mais ne lui enfoncez pas un couteau dans le dos comme ça, c'est très lâche de votre part ».

J'ai ouvert la bouche mais aucun son n'est sorti parce que devant moi, le géant Koba cobra s'était levé et sa tête dominait toute la savane, j'ai alors avalé ma langue qui est allée se cacher dans ma gorge.

Koba a sifflé très fort :

— Moi aussi, je vais me débarrasser du roi alors voici mon plan, lorsque le roi descendra au lac pour sa toilette matinale et privée, je le suivrai et je lui sauterai dessus, je le mordrai et cracherai sur lui mon venin mortel. Il s'étouffera.

Tous les animaux ont approuvé et applaudi. Ils avaient donc décidé. Le roi allait mourir et je ne pouvais pas le sauver. Je ne vous ai peut-être pas dit la vérité au début de cette histoire, alors, il faut que je vous l'avoue mais, s'il vous plaît, ne le répétez à personne, j'ai votre parole dans ma poche. Voyez-vous, je comprenais bien leur langue mais malheureusement, je ne pouvais pas la parler, alors, du coup, je ne savais pas comment parler au roi. Le roi allait donc mourir. Je pensais à ses enfants qui allaient devenir orphelins, les pauvres. Ceux qui prendront le trône les chasseront sans doute du royaume. Ce qui est tout à fait normal quand on vit dans une jungle où personne n'est parfait.

Notre roi allait-il mourir?

Encore une fois, comprenez bien ceci. Par « *notre* », je veux dire « *le roi des animaux, pas des humains* », n'allez pas interpréter ça autrement quand vous irez ailleurs racontez cette histoire après avoir prononcé la formule magique :

« *Je m'appelle Muana Tossu, voici l'histoire que je vais vous raconter. Il était une fois... Muän Ma M'kayi qui nous a raconté cette histoire du roi de la savane...une histoire qu'il a vu sortir de la bouche de Makuza... qui l'a vue sortir de la bouche de sa grand-mère...laquelle l'a vue sortir de...* »

Eh bien voici donc cette histoire. Il était donc une fois, pendant que les animaux complotaient, la nature entière écoutait. Et le roi était dans la nature. Caché lui aussi derrière un buisson comme Muän Ma M'kayi, il entendait tout ce qui se disait. Muän Ma M'kayi le surprit en train de le regarder. Ils étaient là tous les deux dans la savane, chacun derrière son buisson à s'observer. Muän Ma M'kayi sourit timidement. Léo ouvrit grandement sa gueule. Muän Ma M'kayi crut un instant qu'il allait gronder pour effrayer tous les animaux et leur dire : « *certes il n'était vraiment pas parfait mais il était quand-même un bon roi.* »

Mais il ne gronda pas. Il choisit de disparaître dans la jungle.

Le jour suivant, il se rendit au lac pour son bain quotidien. Koba le suivit et, au moment où le roi s'apprêtait à plonger, il sauta sur lui par surprise, enroula son cou et commença à le serrer lentement, donnant ainsi l'occasion au roi pour se défendre afin de pouvoir le mordre. Léo, qui connaissait déjà son plan, feignit de s'évanouir au lieu de se débattre et s'étala à même le sol. Tout serpent ne mord jamais une créature inanimée. Le croyant mort avant la bataille, Koba se retira et alla annoncer la bonne nouvelle à ses complices.

« Le roi est mort »

« Hourra, bravo, nous sommes libres, nous n'aurons plus peur » clamèrent-ils.

Maintenant il leur fallait un nouveau roi. Et qui alors serait le roi?

Muän Ma M'kayi faillit se lever pour leur dire :

« Moi Muän Ma M'kayi, je serai votre roi! » mais comme vous le savez tous, et ceci - gare à vous si vous le répétez à qui que ce soit – Muän Ma M'kayi comprenait bien la langue de la race animale mais ne la parlait pas.

Alors, qui sera le nouveau roi?

— Moi! Convenez avec moi qu'il n'y a pas meilleur roi que moi, je ne suis ni gourmand ni égoïste, je me déplace sans difficulté, je n'ai besoin ni d'un cheval ni d'un chameau, les branches des arbres me suffisent, je suis agile et plus malin que vous tous réunis. La preuve : c'est bien moi qui ai eu cette merveilleuse idée de se débarrasser de ce roi qui s'offre les repas les plus chers. Et puis, vous le savez tous, ma nourriture est la plus simple qui soit : une banane par jour me suffit. Je ne me gave ni de viande ni de friandises. Vous savez donc qui je suis. Je suis Kidogo le singe. Votez pour moi!

— Cette fois-ci, trouvons une reine pour être à la tête du royaume. Depuis très longtemps nous avons été gouvernés par une gent masculine irresponsable, essayons de changer les choses. Je crois que je ferai une bonne reine. J'ai un long cou qui me permet de voir venir le danger et une tête faite pour porter la couronne. Je serai votre reine et votre gardienne de nuit comme de jour. Quant à ma nourriture, vous n'aurez pas à vous inquiéter, je la cueillerai moi-même. Et s'il y en a parmi vous qui aimeraient opter pour mon alimentation saine, vous verrez comment elles sont délicieuses les feuilles de nos arbres. Votez la girafe et personne ne sera déçu. La seule chose que je vous imposerai c'est de ne plus jamais couper les arbres.

Et chaque animal vanta sa beauté ou son intelligence, sa puissance ou sa force pour pouvoir monter sur le trône.

« Je suis la plus rapide, dit Vuba. - Et moi, le plus fort dit Makassi. - Mais voyons, regardez toutes mes rayures, elles ne mentent pas, je suis donc la plus belle, s'exclama Abila. »

Koba siffla aussi à son tour :

— Ne soyez pas aussi ridicule, c'est moi qui ai tué le roi, je suis le plus fort et le plus rusé, alors, je serai votre nouveau roi.

Les discussions allèrent ainsi pendant trois jours. Les animaux avaient perdu non seulement la paix et l'unité, mais aussi leur humilité.

C'est donc pendant cette ambiance de colère et de haine, d'orgueil et de vantardise que le roi Léo se présenta à eux. Ils furent tous surpris de le voir bien vivant à quatre pattes alors qu'il le croyait déjà mort.

— Aucun d'entre vous ne mérite ce grand honneur d'être roi, leur dit-il. Vous êtes jaloux, égoïstes, rancuniers et pleins de haine. Vous ne ferez pas mieux que moi.

Koba fut le premier à prendre la parole :

— Mais, comment as-tu fais grand roi, je t'avais et pourtant bien étranglé, tu es tombé raide mort devant moi.

— À toi de me le dire, Koba. Mais d'abord réponds-moi, de nous deux qui est donc le plus rusé?

— Pardonne-moi, grand roi, dit Kidogo le singe, c'est moi qui ai eu cette idée et je ne la trouve pas bonne, croyez-moi, après tout je ne suis pas si malin que ça.

— Non, Kidogo, nous avons tous trempé dans ce complot. Grand roi, nous ne méritons pas ton pardon. À toi la vengeance et à nous la punition.

Muän Ma M'kayi était toujours dans son buisson. Le roi Léo se tourna vers lui car il savait qu'il était toujours là, et qu'il les observait. Il le regarda longuement. Il lui transmettait quelque chose mais quoi?

Puis il se tourna vers tous les animaux et leur dit :

— Chers amis, vivons toujours en paix avec nous-mêmes d'abord, ensuite cette paix se déversera au monde entier.

Que voulait-il dire par-là? Voulait-il dire : *« être en paix avec soi-même, c'est être en paix avec les autres »?*

Il termina en disant :

— Seule la paix intérieure apporte l'unité, l'harmonie, l'humilité. Sans cela, rien n'est parfait.

« Sans cela rien n'est parfait et personne n'est parfait alors ce n'est pas aussi impossible que ça, d'être parfait. Eh bien, en route vers la perfection, je reste ici dans la jungle pour apprendre la sagesse. Il y a une grande sagesse ici car que valent toutes les richesses du monde si on n'a aucune sagesse » pensa Muän Ma M'kayi

Léo le lion lui donna un clin d'œil et un coup de pouce…oups! Je veux dire un coup de patte.

Un coup de patte qui voulait tout simplement dire :

Va-t'en humain, et sois un bon roi.

C'est ce jour-là que Muän Ma M'kayi sortit de la savane.

Sortez de la savane vous aussi et soyez de bons rois, mais n'oubliez surtout pas que quand vous raconterez cette histoire, commencez toujours par sa formule magique :

« Il était une fois… Muana Tossu qui nous avait raconté le conte du roi Léo, un conte qu'il avait vu sortir de la bouche de Muän Ma M'kayi, lequel l'avait vu sortir de la bouche de Makuza… qui l'avait vu sortir de la bouche de sa grand-mère, laquelle l'avait vu sortir de la bouche de Muaf Lambh, qui l'avait vu sortir de la grande savane où Léo, un gros chat noir, était roi… »

Le politique et le paysan

Raconté par Bandéké Lunzihirrwa à ses enfants (République Démocratique du Congo)

Hujambo!

Je vais vous raconter une histoire. Ceci se passe dans mon village. Je suis Bandéké, venue de Kongo Diassi, native de Kivu dans la sous-région de Gabo.

Autrefois, dans mon village natal Malumbu, vivaient deux hommes : un politique et un paysan. Le politique s'appelait Bahadi et le paysan Tsumu. Deux hommes bien différents : l'un était chef du quartier et l'autre cultivateur. Tsumu habitait au haut de la colline. Il était propriétaire d'un grand domaine montagneux. Il était né là. Ses parents aussi. Ses arrière-grands-parents avaient occupé ces lieux bien avant ses parents. Ses grands-parents, avant de mourir avaient dit à ses parents ce que leurs parents leur avaient eux aussi dit avant de mourir. Ils leur avaient sans doute dit ces mêmes paroles qu'on trouve dans la fable de La Fontaine :

« *Travaillez prenez de la peine : c'est le fonds qui manque le moins. Gardez-vous de vendre l'héritage que nous ont laissé nos parents. Un trésor est caché dedans. Je ne sais pas l'endroit; mais un peu de courage vous le fera trouver. Remuez votre champ dès qu'on aura fait l'Oût. Creusez, fouillez, bêchez; ne laissez nulle place où la main ne passe et repasse ».*

Voilà.

Et le paysan Tsumu respecta les paroles de ses ancêtres.

Le politique Bahadi, le chef évolué du village habitait la grande ville. Chaque fois qu'il allait en campagne, il enviait ce grand domaine de montagnes. Il avait maintes fois forcé le paysan à le lui vendre mais en vain. Jamais Tsumu ne vendrait l'héritage laissé par ses parents. Il creusait, il fouillait et il bêchait. Chaque jour que Dieu fait – comme on dit là-bas en Côte d'Ivoire - il était à la besogne. C'était un grand cultivateur.

La vie d'un cultivateur est parfois très dure. La seule chose qui rend parfois sa vie joyeuse, c'est sa foi en Dieu. Et l'autre chose qui la rend moins difficile c'est sa croyance aux ancêtres.

« Là où mes parents ont réussi, je réussirai. Ils ont réussi à m'élever alors moi aussi, à mon tour, quelque soient les obstacles j'élèverai les miens », pense-t-on dans nos villages.

Et on avance.

La foi en Dieu soulève les montagnes et ces cultivateurs de mon village soulevaient de hautes montagnes chaque jour. Avec le soutien des ancêtres, ils avançaient un pas après l'autre. Bien avant le premier chant du coq, Tsumu et sa famille, houe et coupe-coupe en mains, s'attelaient comme un troupeau de bœufs à toutes tâches champêtres. Ils tournaient et retournaient la terre rocailleuse. Chaque jour, c'était le parcours du combattant. Et le soir, toute la famille réunie autour d'un feu éclatant remerciait dieux et mânes pour cette force quotidienne.

Dans mon village chaque famille avait son dieu, et quel que soit le dieu qu'on priait, chaque famille voyait ses prières exaucées car les dieux et les ancêtres œuvraient ensemble pour assurer à leurs fidèles toutes les bénédictions. Et quand ils bénissaient les populations, chacune recevait en abondance les désirs de son cœur. Ces bénédictions arrivaient toujours après une longue période de durs labeurs et de pénibles génuflexions. Elles pouvaient aussi tomber après de longues heures de pluie car ne dit-on pas « *après la pluie le beau temps* »? « *Quelle que soit la durée de la nuit, le soleil apparaît toujours* », disent nos sages. Et le Dieu de ces pays lointains ne dit-il pas : « *Mieux vaut la fin d'une chose que son commencement* »? Le cri de douleur d'une mère qui accouche ne se transforme-t-il pas en cri de joie à la naissance de l'enfant?

Eh bien, il y eut la pluie. Pas la pluie de bénédictions, mais une pluie torrentielle qui frappait la joue comme un soufflet…et ça faisait mal! Encore, si ça frappait seulement la joue mais cette pluie creusait la terre, déterrait patates et ignames, emportait cases et volailles.

Il tomba des cordes pendant soixante-douze heures.

Et comme on le dit en Côte d'Ivoire : « *Il a plu jusqu'en...* » et on ne termine pas sa phrase. À croire qu'il pleut encore à l'instant même où je vous raconte mon histoire.

Il a plu jusqu'en…

Et Tsumu ne sortit pas voir ses plantations. Pour nourrir une famille, un cultivateur doit aller au champ chaque jour. Tsumu n'y alla pas. Les pluies incessantes et abondantes ne font du bien ni à la terre ni aux villageois ni aux plantations. Une pluie torrentielle emporta tout sur son passage, saccagea les champs de manioc et de maïs, déterra les cannes à sucre et emporta l'arachide sous ses eaux boueuses. La vie des paysans dans nos villages a ses joies et ses malheurs. Et quand le malheur arrive, je vous jure que ce n'est pas la joie. Cette pluie qui s'abattit donc ce jour-là dans le village de Tsumu, dans sa famille et dans la famille de ses voisins, cette pluie qui détruisit tout sur son passage n'arrangea pas sa vie. Ce fut un moment terrible. Et dans de tels moments, l'unique chose à faire c'est de prier. Chacun et chacune, dans sa case et dans sa famille leva les bras au ciel pour implorer les dieux et les mânes. À ce moment-là, *l'union fait la force* et cette union forme l'unité. Un pour tous et tous pour un. Et à ce moment-là aussi comme on le dit au Cameroun:

« *On est ensemble* ». Ensemble sommes-nous jusqu'à la fin de la pluie. Alors ils adorèrent jusqu'en...

Par chance ou par grâce, la pluie cessa.

Chacun retroussa son pantalon et chacune remonta son pagne puis ils allèrent voir dehors.

À quelque chose malheur est bon.

À peine Tsumu mit-il son nez dehors qu'il vit quelque chose d'étrange. Tout son territoire était parsemé de petits cailloux dorés.

Les cailloux partaient d'ici jusqu'en...

On ne pouvait pas les compter.

Nous savons bien que la foi soulève les montagnes mais cette foi peut-elle transformer ces montagnes en petits cailloux dorés?

La foi, peut-elle transformer des hautes montagnes aux minuscules pierres dorées? « *té, té, té, lokuta na yo, ékoki kosalama té* », dirait-on chez nous au Congo. « *Non, non, non, tu mens, c'est impossible* ».

On a beau prier le bon Dieu, on croit toujours à la sorcellerie.

— Oh Seigneur, qu'est-ce, qui est donc ce sorcier qui est venu jeté ces cailloux maudits sur mon domaine? Est-ce Bahadi le chef du village qui a toujours un œil sur cet héritage que nous ont légué nos parents, pensa Tsumu.

Il appela son voisin qui vînt dire ce qu'il pensait. Puis un autre. Et un autre. Il appela tous ses voisins jusqu'en...

Mais tous furent unanimes.

— Jamais de leur vie, ils n'avaient vu pareille chose, jamais! C'est sans aucun doute un mauvais sort.

Tsumu prit peur. Mais il prit aussi son courage à deux mains et alla voir le chef du quartier et lui expliqua la présence des maudits cailloux sur son territoire. Le chef du quartier arriva sur les lieux et comme il avait plus d'intelligence que ces pauvres paysans, il reconnut que ces cailloux maudits n'étaient autres que des pépites d'or. D'une voix autoritaire mais excitée Bahadi ordonna :

— Mettez toutes ces maudites pierres dans des gros sacs. Stockez les dans la cabane là-bas et on verra cela après.

Les villageois ramassèrent ces pierres maudites, remplirent trois gros sacs et les placèrent dans la cabane comme le chef l'avait recommandé.

— On verra cela après, répéta-t-il avant de quitter le domaine de Tsumu.

Après, c'était plus tard.

Plus tard, Bahadi envoya six soldats armés qui arrivèrent chez Tsumu dans la nuit noire, le menacèrent lui et sa famille et emportèrent avec eux les trois sacs de maudits cailloux. Sur leur chemin du retour, ils ouvrirent les sacs et reconnurent eux aussi que ce n'était pas de simples cailloux mais plutôt des pierres précieuses.

— De l'or, de l'or, de l'or! s'exclamèrent-ils.

Bahadi, le chef du village, les attendit jusqu'au matin. Ils n'arrivèrent pas. Alors lui et sa milice se lancèrent à leur poursuite. Ils arrivèrent chez Tsumu et ce dernier subit d'autres menaces plus violentes.

— Je ne sais pas, je ne sais pas où ils sont partis. Ils ont pris tous les sacs remplis de ces maudites pierres, ils ont descendu la colline en courant, fut tout ce qu'il put dire pendant qu'on le battait à mort devant sa famille.

Tsumu comprit que ces six soldats avaient été envoyés par Bahadi. C'était donc Bahadi le sorcier.

« *Je le savais* » pensa-t-il. « *Mais était-ce lui qui avait jeté ces cailloux de feu sur son territoire? Pourquoi aurait-il fait cela?* »

La réponse lui fut donnée par une voyante qu'il alla consulter de l'autre côté de la montagne.

— Pourquoi, répondit-elle, tu te demandes pourquoi, mais voyons Tsumu, ouvre les yeux : il veut te faire partir de là, il veut vendre ta terre à quelqu'un de plus important que toi. Ces maudits cailloux que tu as trouvés après la pluie et qui pour toi ne sont que de petits cailloux maudits sont en fait des lingots d'or qui t'ont été envoyés par Dieu et les ancêtres. Maintenant le chef sait que tu dors sur l'or alors, crois-moi, il emploiera tout son pouvoir afin que tu déguerpisses. Et si tu t'entêtes à rester, il te chassera de là comme un chien galeux. Tu verras bientôt les gouvernements et les Blancs du monde entier venir exploiter la terre de tes parents. Et tu n'auras même pas une miette de cette richesse. Tu ne mangeras que la poussière et tu ne boiras que la fumée.

Après cette révélation, Tsumu commença à prier sérieusement. Bahadi le menaça de quitter la terre natale. Des gens vinrent de partout visiter les alentours de son territoire. On lui proposa de gros billets en euros et en dollars.

« Gardez-vous de vendre l'héritage que vous ont laissé vos parents »

Il refusa. C'était sa terre. Ses parents l'avaient habité avant lui. Il était né là, ses enfants et ses petits-enfants aussi. Ses arrière-petits-enfants naîtront là aussi. C'est la terre de ses ancêtres. Il ne la quitterait jamais.

Depuis ce jour-là jusqu'à ce jour-ci, c'est une lutte entre le paysan cultivateur, le politique-chef de mon pays, le politique-chef du pays voisin, le politique-chef du pays lointain et le groupe de rebelles formé par les six soldats. Une lutte pas bonne du tout.

Une lutte sans fin.

Et comme on dit en Côte d'Ivoire :

« Une lutte qui a commencé depuis longtemps...

Et qui s'étend jusqu'en... »

Les pêcheurs de morue de Saint-Malo

Raconté par Yannick Le-Provost (France)

Chaque soir, assise devant l'âtre dans la grande cheminée de mes grands-parents maternels, j'écoutais attentivement mon *tacoz*[1] raconter de sa voix basse les contes Bretons du pays de l'Armor. L'un de mes contes adorés était les pêcheurs de morue de Saint-Malo à Brest. Je l'ai écouté plusieurs fois sans me fatiguer. Était-ce la voix de mon grand-père qui m'emportait ainsi si souvent dans ce voyage lointain et glacial vers les grands bancs de Terre Neuve? Était-ce le drame du conte lui-même qui me clouait-là, bouche béante sans voix, alors que tout mon être accompagnait les pêcheurs dans cette aventure périlleuse? Ou était-ce la beauté et l'immensité de l'océan Atlantique!

Je ne sais pas.

C'était l'époque de la guerre. La guerre a été déclarée pendant l'été 39, si j'ai bonne mémoire. Je peux me tromper certes mais ce dont je suis sûre c'est que je suis née pendant cette crise-là : la Deuxième Guerre mondiale. Mon père s'était fait prisonnier de guerre et ma mère tenait une boutique, alors, du coup, j'étais à cheval entre ma mère et mes grands-parents. La plus grande partie de mon enfance je l'ai passée avec

---

[1] Grand-père.

mes grands-parents. Les souvenirs de guerre, j'en ai peu, Dieu merci, absorbée par ces contes bretons de mon grand-père. Mais qu'est-ce qui me passionnait chez ces pêcheurs de morue? Était-ce la morue elle-même, ce poisson qui une fois ramené sur le navire était lavé, salé et empilé dans la cale en attendant d'être séché au soleil, hein, était-ce ça, ce poisson sec, salé et si délicieux, était-ce vraiment cela?

Aujourd'hui encore, je ne saurais le dire mais je sais que, quelque part dans moi, ces pêcheurs étaient les seuls héros de mon enfance. J'adorais souvent le moment où mon grand-père allumait sa pipe. Il prenait tout son temps car il savait que j'adorais énormément et spécialement ce conte-là et que je savais prendre mon mal en patience. Il sortait tranquillement sa pipe tout en prenant les nouvelles de ma journée, retirait son tabac de la boîte, le humait goulûment et le fourrait précautionneusement dans sa pipe puis le plaçait sur ses lèvres. Il sortait alors une boîte d'allumettes, en retirait une tige qu'il claquait sur la boîte et comme un coup de bâton magique un feu jaune et éclatant apparaissait au bout de la tige qu'il plaçait sur l'ouverture de sa pipe. Puis, je ne sais trop comment il le faisait, je voyais sortir de ses narines et de sa bouche une fumée bleuâtre. Après avoir accompli ce long rituel et savouré sa première bouffée, il commençait enfin à raconter. Il ne changeait ni le début ni la fin de ce conte. Jamais il n'a changé un mot, jamais il n'en a sauté un. Jamais il n'a déplacé un point, une virgule, un point d'exclamation ou un point d'interrogation. Jamais il n'a changé sa voix. Je l'entends encore cette voix : grinçante! Très éloquent, mon *tacoz*! Il commençait toujours ainsi :

« À cette ...époque-là, Saint-Malo... était la... capitale... la capitale des terre-neuvas, et... les pêcheurs qui ...qui...quittaient chaque année les côtes européennes... »

Non, je ne suis pas aussi éloquente que mon *tacoz*, je vous laisse l'écouter vous-mêmes.

* * *

– À cette époque-là, ma petite fille, Saint-Malo était la capitale des terre-neuvas, c'est-à-dire des pêcheurs qui quittaient chaque année les côtes européennes pour rejoindre le Canada – plus précisément la région de Terre-neuve -, afin d'y pêcher la morue. La pêche à la morue, c'est ici que ça a commencé. À Saint-Malo. On y allait pêcher au Groenland en Océanie ou bien sur les côtes de Terre-neuve du Canada. Avant même qu'il y eut des explorateurs, la pêche à la morue existait déjà. Oui Yannick, et je le précise encore pour que tu t'en souviennes toujours, c'est à Saint-Malo que tout a commencé. Et notre aventure périlleuse allait jusque là-bas, sur les côtes de terre-neuve. Des équipages d'une trentaine d'hommes partaient pour des saisons de pêche allant de six à sept mois.

« Le jour du grand départ les pêcheurs se rassemblaient sur le quai. D'autres cependant étaient déjà dans leurs bateaux. Ils partaient en groupe jusqu'à Terre neuve. Un voyage lointain et glacial. L'océan était capricieux, nom d'une pipe! Dieu merci, ce jour-là était aussi un jour de bénédictions. Bénédictions pour tout le village mais surtout pour tous ces pêcheurs qui partaient sans espoir de retour et qui laissaient derrière eux femmes et enfants.

« Ce jour-là donc, le curé, suivi d'une foule constituée de tous ceux qui ne pouvaient aller affronter cet océan parfois dangereux – à savoir femmes, enfants, vieillards – tous, en grande procession entraient dans la paroisse. Le curé, avec son goupillon, bénissait pêcheurs et bateaux en les plaçant sous la protection divine :

« Que la puissance divine les protège contre la soudaine tempête

« Contre la descente vertigineuse aux gouffres des eaux

« Contre la remontée sur les grosses vagues aux hautes crêtes... »

« Puis, il s'arrêtait de prier pour écouter à son tour le murmure et le souffle suppliant de la foule qui répétait presque en chœur toutes ces supplications. Il terminait sa prière par un « *amen!* », que vieillards, femmes, enfants et tous ceux qui ne pouvaient pas faire partie de ce grand péril pour des raisons de santé, répétaient encore tous à la fois et cette fois-ci à haute et intelligible voix : « *amen!* ». Et tout de suite après, leurs voix se distinguaient enfin les unes les autres, s'élevaient pour se saluer les uns les autres puis chacun et chacune allaient vaquer à ses affaires, tout en attendant patiemment le jour du grand retour.

« Les obstacles qu'ils rencontraient étaient nombreux car l'activité était pénible. D'abord Saint-Malo est un port maritime au nord de la France, et l'Atlantique, tu connais l'Atlantique, comment il peut être déchaîné. C'est un océan très dangereux en cas de tempête. Et quand ils réussissaient à atteindre Terre-Neuve, eh bien, nom d'une pipe! Là-bas aussi, ça ne rigolait pas, il y avait des vagues monstres là-bas, ça te coulait un bateau dans le temps de le dire, haha, ça a même une fois renversé le *Bounty*, une plate-forme d'essence. Une tempête et une haute vague ont suffi pour renverser cette plate-forme qui était la plus grosse au monde. Elle a été renversée là-bas, sur les côtes de Terre-Neuve. Alors, c'est pour te dire que les dangers que rencontraient ces pêcheurs étaient énormes. La pêche à la morue était une pêche de saison. On ne pêchait pas la morue tout le long de l'année. Ça se passait en été mais les pêcheurs y allaient bien avant pour être à l'heure au rendez-vous. Y en a qui partaient pendant l'hiver et d'autres juste après l'hiver. Imagine le froid qu'il y avait en pleine mer, nom de Dieu! Ils partaient dans des petites goélettes de vingt-cinq à trente pieds de long, jaugeant de cinq à vingt tonnes et qui s'égaraient parfois dans la brume ou les intempéries.

« Et pendant ce temps les Malouins et les Malouines allaient tous au port du village pour prier tout en scrutant l'horizon, espérant voir revenir les premiers bateaux. L'attente était parfois longue et insupportable. Et quand ils revenaient, y en avait toujours un, deux ou trois hommes qui manquaient à l'équipage. Comme Yves, ce jour-là!

* * *

— Continue grand-père, grand-père!

* * *

Excusez-moi : je vais juste – pour un tout petit moment – prendre la parole à mon grand-père pour vous confier une chose. Je vous ai dit au départ que mon grand-père ne changeait rien à l'histoire. Il n'enlevait rien. Il n'ajoutait rien. Et chaque fois qu'il me l'a raconté, il a respecté les mêmes pauses. Et quand il arrivait à cette partie de l'histoire, il observait toujours une pause, une longue pause. La première fois je n'ai rien compris du tout. À un moment, j'ai pensé que l'histoire s'arrêtait-là. Il m'a fallu le secouer pour qu'il puisse continuer. Puis, les fois suivantes, je la terminais moi-même parce que, la suite, je la connaissais depuis le premier jour où je l'ai entendu de sa bouche. En effet, quand il arrivait aux disparus de la mer, il devenait un peu nerveux, il fumait sa pipe. À ce moment j'observais sa grosse barbe, sa casquette, ou son béret parfois, et puis ses sabots, pas du genre hollandais mais ses sabots de dimanche, très jolis. À ce moment-là aussi, ses pensées allaient vers Yves.

Yves est sans aucun doute le frère que j'aurais bien aimé avoir. Dans ma tête, il devait ressembler à un jeune acteur de cinéma : robuste, grand et beau. Je l'imaginais toujours tout en sueur, en plein soleil d'été, au milieu de l'océan Atlantique, bien bronzé et muscles saillants comme Chaka zoulou. Je suis fille unique et j'avais toujours rêvé avoir un frère et une sœur. Je ne voulais pas être fille unique. Un jour, j'ai demandé à ma mère de me faire un frère ou une sœur avec le voisin d'à côté. J'avais trouvé la solution, je croyais que ça pouvait se passer comme ça mais ma solution n'était pas celle de ma mère. Elle en avait une meilleure. Un jour aussi, je l'ai accompagnée lors d'une visite à une de ses amies qui avait accouché de jumeaux. Elle habitait juste en face de chez nous. On avait qu'à traverser la rue puis on prenait les escaliers jusqu'au sixième étage. Il n'y avait pas d'ascenseur. Nous sommes arrivées dans son appartement et il y avait plusieurs femmes qui rendaient visite à la mère des jumeaux ce jour-là. C'était un bel après-midi d'été. Les femmes papotaient sur le balcon et quelques enfants jouaient dans un coin du salon. Les jumeaux étaient dans une chambre bien aérée. Ma mère et moi avions commencé par rendre visite aux jumeaux. Ils étaient très mignons et ma mère, me voyant épanouie en les regardant, m'a dit : « *Eh bien, tu voulais un frère, y en a un pour toi.* » Puis, en sortant, elle a ajouté: « *Quand tu auras fini d'admirer les bébés, va jouer avec d'autres enfants au coin du salon* » et elle a rejoint le groupe des femmes. J'avais huit ans et je ne voulais pas aller jouer avec les gamins et les gamines de trois, quatre et cinq ans, je voulais un petit frère et ma mère venait de m'en offrir un. J'ai pris le bébé, celui que je croyais être un garçon et je suis sortie sans que personne ne s'en aperçoive. J'ai traversé la rue et me suis retrouvée chez nous avec mon petit frère. Malheureusement, on m'a retrouvée trop vite, ma mère et les autres femmes sont venues nous surprendre pendant que nous prenions paisiblement notre sieste et j'ai perdu mon petit frère. Au moins, je l'avais gardé une trentaine de minutes dans mes bras. C'était merveilleux! Les deux solutions n'avaient donc jamais marché. Puis, j'ai trouvé Yves parmi les pêcheurs de morue de Saint-Malo. Mon grand-père l'aimait aussi. Il parlait souvent de ses exploits. Mais un jour il est tombé à l'eau Yves, et je l'ai perdu lui aussi.

C'était un homme robuste pourtant, Yves, qui avait la main prompte et le coup d'œil du vrai morutier, géant et bien costaud mais t'as beau être robuste, géant, costaud et avoir la main prompte et le coup d'œil du vrai morutier, la vague de l'océan Atlantique est plus que ça! C'est un anaconda et un anaconda, ça ne blague pas! T'es pas son jouet favori, t'es sa délicieuse proie...! Ce jour-là, une grosse tempête s'est abattue sur la mer. Une tempête comme on n'en avait jamais vu et qui a déchaîné le monstre, cette vague houleuse qui s'est levée et qui a fait tanguer le bateau, à gauche et plus à gauche, à droite et plus à droite, en avant et en arrière, des soubresauts à vous donner des vertiges, un haut le cœur, un hoquet et cette envie de vomir, et puis haut plus haut, plus haut le navire et bas, plus bas, plus bas le bateau et hop! elle a projeté Yves dans l'eau puis on a entendu les autres morutiers crier :

— Yves est tombé à l'eau, il faut le sauver!

Puis, on a sonné l'alarme. La vague l'a élevé jusqu'à son sommet, très haut là-bas où Yves a effleuré la voûte nuageuse puis elle l'a lâché. Yves est tombé en chute libre sans parachute dans les eaux profondes où le monstre, après lui avoir broyé les os un par un, l'a englouti sans difficulté.

Les derniers éclairs déchirèrent le firmament et le calme revint. Le monstre était reparti dans ses eaux sombres et profondes. L'imposante mer étendait maintenant, très majestueusement, sa longue robe bleue. À l'horizon, là-bas, les rayons du soleil couchant scintillaient au-dessus de ses ondulations. Un silence funèbre planait dans le bateau.

Oui, un jour, Yves est tombé à l'eau et personne n'a pu le sauver, n'est-ce pas, grand-père?

— Grand-père, est-ce qu'on a retrouvé son corps? Grand-père, grand-père? Mon grand-père dort.

Eh bien si un jour vous allez à Saint-Malo, visitez l'église du village et vous verrez, dans la nef principale, un bateau taillé à la main par des survivants de la vague houleuse de l'Atlantique, signe de reconnaissance à la Sainte-Vierge Marie et à tous les autres saints pour leur avoir sauvé la vie. Et vous rencontrerez toujours un pêcheur qui vous parlera de ses plus beaux souvenirs, avec un large sourire bien chaleureux.

Sacrée grand-mère, tu es mon héros!

"Sacred Grandma, you're my hero", Raconté par Léandro Lam (Chine)

Ma grand-mère m'a toujours dit d'être fier de notre héritage et de notre culture. Une culture est très importante, vous ne trouvez pas? Une culture, c'est un art de vivre. C'est une identité. Qui ne connaît pas sa culture ne connaît pas son identité. Mais où commence et où termine la mienne?

À l'origine, il y avait ma grand-mère. Convenez avec moi que ma grand-mère était là bien avant ma mère et bien avant mon père, donc bien avant moi. Alors, ma question est bien celle-ci : ma culture, commence-t-elle avec ma grand-mère, commence-t-elle avec mes parents, commence-t-elle à ma naissance ou bien commence-t-elle quand ma grand-mère immigre au Venezuela?

Oh! quelle belle aventure!

Tiens, vous ai-je dit que ma grand-mère est d'origine chinoise?

— Non!

— Mais si!

— Mais non!

Mais oui! Je viens de vous le dire à l'instant même.

Elle s'appelle Lei Seui Mui. Elle est partie de Hong Kong pour le

Venezuela. J'ai beaucoup entendu parler de l'histoire de son immigration.

Ça vraiment, quelle aventure!

C'est l'histoire de ma grand-mère que je m'en vais vous raconter tout à l'heure mais sans être prétentieux, parlons quand même un peu de moi.

Juste un tout petit peu de moi, voulez-vous?

Comme vous l'avez peut-être remarqué, eh bien, je suis né au Venezuela, je suis d'origine chinoise et je vis au Canada depuis plus de vingt ans. Il ne m'est pas facile d'établir mon identité. Ayant vécu tour à tour chez les francophones et chez les anglophones, c'est-à-dire au Québec et en Colombie britannique, je m'identifie moi-même plus comme un Vénézuélien qu'autre chose, juste pour rendre ma vie un peu plus simple, disons juste un tout petit peu simple, si vous voyez bien ce que je veux dire. Il est certes vrai que j'ai, bien entendu, changé d'avis lorsque j'ai vendu un livre sur Craigslist.

C'était en 2012. Bon, ça, c'est un petit bout d'histoire, mais vous remarquerez qu'on a tous besoin de ces petits bouts d'histoire pour en faire une vie, une existence, n'est-ce pas? Convenez avec moi qu'on ne fait pas un grand feu avec un petit bout de bois, il en faut bien sûr plusieurs.

Alors, en l'an 2012, quand j'ai finalement vendu mon livre, je dis « *finalement* » parce qu'il n'est pas facile de vendre son propre livre, je ne sais pas vous, combien de livres vous avez vendus dans votre vie; ça je vous assure que ce n'est pas facile avec les temps qui courent car, pour vendre un livre, il faut d'abord un acheteur et les acheteurs sont durs à trouver. Heureusement pour moi, c'est une acheteuse qui a bien voulu acheter mon livre. Et ne me demandez pas de quoi il parlait mon livre, sinon je vais m'égarer. Quand j'ai finalement eu une cliente pour acheter mon livre, nous avons décidé de nous retrouver à la station de métro « *Joyce* ». Quelle joie, n'est-ce pas, j'adore cette station *Joyce*.

Je me souviens chaque fois que je m'arrêtais là, j'avais un sentiment de bien-être, je ne sais pas trop pourquoi, et même quand je partais de *Grandville* pour *Surrey Central,* je faisais toujours escale à Joyce, je marchais dans la rue Joyce même quand il pleuvait ou quand il neigeait, j'inspirais l'air de ces environnements et cela m'apportait *a perfect joy,* une joie parfaite. Puis, je remontais dans le métro suivant et continuais enfin jusqu'à mon arrêt final.

Voilà ce n'était là qu'un tout petit bout d'histoire. Voyez-vous, une vie se construit par ces petits bouts d'histoire qu'on appelle les *bouts de bois de feu.* C'est comme un peu tous ces petits cours d'eau, lacs rivières et ruisseaux qui courent se jeter dans l'océan pour former ce vaste étendu d'eau salée. Eh bien, ces bouts de bois vont se jeter dans votre feu et forment votre existence.

Donc, que disais-je? Oui, alors ma cliente et moi nous sommes convenus de nous retrouver à la station Joyce. Mais à *Joyce,* il en sort un monde fou. Des gens de toutes les couleurs et parfois les couleurs se ressemblent à *Joyce* et comme vous savez aussi bien que moi que *tout ce qui se ressemble s'assemble* ou vice versa, alors, ils s'assemblent tous à *Joyce* et tous éprouvent une joie parfaite. Ils ont tous le même sourire pur, honnête et attirant. C'était au temps lointain où on ne portait pas de masques et chaque sourire que tu rencontrais à cette époque t'invitait à sourire. Cela dit - pour rendre les choses plus faciles car dans la vie, il faut savoir rendre les choses faciles aux autres quand on vit en communauté - je n'ai pas manqué de mentionner à ma lectrice que j'étais Chinois tout en lui signifiant que je porterai un pull vert et un jean bleu.

Soyons bien d'accord pour une fois : chercher un Vénézuélien latino dans une station comme *Joyce* ne serait pas facile, autant aller chercher une aiguille dans un sac de foin.

Voilà, je l'ai donc dit que j'étais Chinois. Mais dès que j'ai dit cela, je me suis arrêté quelques minutes et j'ai commencé à douter de moi-même.

Pendant tout ce temps, j'ai pensé que j'étais Vénézuélien et puis, comme ça, tout d'un coup, j'étais Chinois, mais enfin, voyons! Ça n'a pas de bon sens ça! Et c'est à ce moment-là que j'ai pensé à l'histoire de ma grand-mère.

Je vous ai dit depuis le début qu'il s'agissait de l'histoire de ma grand-mère pas la mienne. C'est l'histoire de ma grand-mère qui a changé la perception de mon identité. Cette histoire commence en 1910 ou juste quelques années après. Une chose est certaine, c'est bien en 1910 que les Chinois ont commencé à immigrer au Venezuela et plus précisément à Caracas la capitale, et, bien plus tard à Maracaibo, la deuxième ville du pays. Quand je parle des Chinois, je parle bien sûr des hommes uniquement car, à cette époque, les hommes étaient toujours les premiers à partir, laissant parfois derrière eux femmes et enfants. Le but, c'était d'aller gagner plus d'argent à l'étranger pour les y faire venir un jour où l'autre. Et cela n'était pas facile pour la plupart d'entre eux. Cela pouvait durer de longs mois voire de dures et longues années.

La ville du pétrole, appelée aussi deuxième capitale économique du pays : Maracaibo, attirait tous les Chinois. Mes grands-pères – paternel et maternel – en font partie. Ils sont même les premiers arrivants sur les lieux. Bien que séparé physiquement de ma grand-mère pendant neuf longues années, mon grand-père paternel a entretenu avec elle un contact spirituel et moral puis, une ou deux fois dans le mois, un courrier très important, écrit de sa propre main, qui lui renouvelait sans cesse cette promesse de l'espoir : « *Nous nous reverrons, t'inquiète, je te ferai venir* ». Ils vivaient donc l'un et l'autre cette vie de « *Loin des yeux, près du...* »!

Voyons, que dis-je? « *Près du cœur!* » pour ma grand-mère peut-être mais en tout cas, pas pour mon grand-père qui, déjà, dès la quatrième année au Venezuela, avait fondé une famille : il avait une femme du pays, mère de ses deux filles.

Pensez-vous que mon grand-père était obligé de faire venir près d'elle cette femme laissée en Chine avec laquelle il n'avait pas eu d'enfants? N'aurait-il pas fallu qu'il jouisse tranquillement de sa vie de famille? Qu'est-ce qui le rattachait à cette Chinoise, sinon rien, n'est-ce pas?

Oui, rien, me diriez-vous peut-être, mais il y a la promesse faite à l'autre. Une personne doit savoir tenir ses promesses. Toute personne a le devoir d'avoir une parole pure car la parole est une identité. Chacun de nous vit de sa parole. Une promesse faite doit être tenue sinon elle devient une dette morale. Je sais que d'aucuns diraient « *who cares, au diable toutes ces valeurs* »! Ils ont raison, mais comprenez bien une chose : toutes ces bonnes valeurs nous donnent une bonne morale et quiconque a bonne morale a bonne conscience. Et puis, vous oubliez une chose très importante les garçons : au bout du tunnel, il y a moi, vous ne pouvez pas changer mon destin, personne dans ce monde ne peut effacer ce qui est écrit, n'est-ce pas les filles? Il était écrit que ma grand-mère serait Chinoise. Quel pouvoir avait mon grand-père de changer cela?

Rien... La preuve : il se sépara de la mère de ses filles trois ans avant que ma grand-mère n'arrive et ceci après leur avoir acheté un logement.

Ma grand-mère est la première Chinoise arrivée à Maracaibo au Venezuela, je dis bien la première, c'est-à-dire le *number one*. Si vous avez un doute, eh bien, allez à l'aéroport de Maracaibo, demandez à n'importe quel agent, il vous parlera de Lei Seui Mui, cette première demoiselle chinoise qu'on vit débarquer pour la première fois sur le territoire vénézuélien. D'abord, de Hong Kong elle a débarqué à Caracas où elle était de transit puisqu'il n'y avait pas de vol direct jusqu'à Maracaibo. Ne sachant pas comment retrouver son vol, elle s'est égarée puis, avec une manière qui lui était familière, elle a abordé une famille chinoise car ne dit-on pas que tous les Chinois ressemblent à Bruce Lee ou à Jacky Chan? Bref, si vous ne dites-pas que tous les Chinois se ressemblent alors vous faites bien. Cette aimable famille a aidé Lei Seui Mui à retrouver son vol vers Maracaibo.

Elle débarqua, innocente et joyeuse, sans savoir que son soupirant avait déjà deux filles. Serait-elle tout de même venue si elle l'avait su? Non bien sûr, mais comme on le dit dans la coutume des habitants de Yanga, là-bas au Congo, que j'ai eu le privilège de visiter :

« *Ni personne ni Diable ne peut changer le destin de quelqu'un, ce qui est écrit se fera et ce qui se fera a été prédit* ».

La preuve! N'Gom'Natole!

Mais ça, c'est une légende de Yanga et je ne la maîtrise pas bien. Je ne peux donc vous la raconter. Muän Ma M'kayi s'offrira lui-même un jour le plaisir de vous raconter cette légende de N'Gom' Natole qui sauva toute une nation.

Ma grand-mère bien sûr, ne pouvait effacer ce qui était écrit. Et puis, « *ce qui est fait est fait et ne peut être refait* » disent les sages.

Dans la vie, il faut parfois juste se tenir la main, oublier ce qui semble négatif et avancer au même pas vers la lumière. Et c'est ce que mes grands-parents ont fait.

Quelques mois plus tard après l'arrivée de ma grand-mère, d'autres Chinoises ont rejoint leurs époux et ma grand-mère a commencé à se faire des amies. Et comme un bonheur n'arrive jamais seul, elle a été bénie par les dieux et a porté neuf fois la grossesse. Elle a aussi accouché neuf fois. Saine et sauve car croyez-moi, ce sont de vraies héroïnes, ces mamans ! Mon père est son troisième enfant.

Sacred grandma, you're my hero!

Quand le bonheur vous visite, vous avez même la facilité d'apprendre des langues. Ma grand-mère apprit sans difficulté la langue de Cervantès grâce à une série romantique diffusée par une chaîne de télévision locale et la parla couramment sans accent chinois.

Quand le bonheur s'installe dans votre vie, toutes vos actions sont vouées à faire le bien. Ma grand-mère accepta de vivre avec les premières filles de mon grand-père, afin que celles-ci soient proches de leurs demi-frères et de leurs demi-sœurs. Et comme la culture fait partie d'une identité, elle a gardé vivante la culture chinoise chez elle et chaque événement, tels que le Nouvel An Chinois et le Festival du Gâteau de Lune, était toujours célébré.

Chaque fois que je pense à ma grand-mère, je pense à son histoire, grâce à laquelle je réalise à quel point l'apparence joue également un rôle important dans chaque identité.

Dans la vie, il faut toujours rester soi-même. Et comme le dit Victor Hugo :

« *N'imitez rien ni personne. Un lion qui copie un lion devient un singe* ».

Chaque culture est une perle et chaque identité est précieuse et unique. Tous mes grands-parents m'ont appris à être fier de mon héritage. Et spécialement ma grand-mère.

Qui connaît deux langues a deux cultures. Moi j'en connais sept. Donc sept cultures et sept identités. Il m'arrive parfois de passer honnêtement de l'une à l'autre.

Oh! que c'est beau et amusant, disons même très riche, toutes ces facettes culturelles que je possède!

Ma grand-mère Lei Seui Mui m'a inculqué cela et je me souviendrai toujours de ses valeurs familiales et surtout de son enseignement.

Sacrée grand-mère, tu es mon héros!

Un voyage initiatique

Raconté par Pier Pierrini Alberto (Italie)

Un jour, on me demandera :

« As-tu déjà été quelque part ailleurs qu'ici? »

Ici, nous sommes au Québec. Je suis Pier Pierrini Alberto, Italien d'origine. Alors, je répondrai fièrement :

« Oh oui, j'ai beaucoup voyagé »

Et comme les gens sont souvent curieux, ils ne manqueront pas de me demander :

« Où es-tu allé? Dans quel pays, dans quelle ville? »

Alors toujours fièrement je répondrai :

« J'ai été partout dans le monde et j'ai visité tous les coins de la terre. »

Mon œil, tous les coins de la terre! Je parie que partout où je suis allé, je n'ai pas foulé de mes pieds le sol humide ou humé de mes narines, la poussière sèche.

Et comme les gens sont plus curieux que la curiosité, ils demanderont les détails, parce que dans ce monde, ce qui compte le plus, ce sont des détails, les gens aiment amasser des débris de détails pour en faire une vie car pour qu'une vie soit complète, il faut plusieurs détails. Une vie, c'est tout un voyage. La vie, c'est la distance qui nous sépare du point A au point B, pour une courte vie bien sûr. Pour une longue vie, c'est partir du point A au point Z, alors ça, c'est une très longue vie. C'est comme les voyages : y en a des courts, des moyens et des longs.

« *T'as fait un bon voyage?* » – « *Oh il était très court* »; ou « *Ouais mais il n'a pas duré comme je le voulais* »; ou encore : « *Bof, il était trop long !* »

Tout simplement, parce qu'on aime bien se plaindre.

Partir de l'Europe en Afrique, de l'Afrique en Asie, de l'Asie en Amérique et de l'Amérique en Océanie, est-ce ça, un long voyage?

D'aucuns diront :

« *Eh ben ça alors, t'as fait le tour du monde!* »

Tour du monde certes mais qu'ai-je vu? Je te parie une sauce bolognaise que je n'ai rien vu du tout.

Ai-je vu la terre qui craque, l'écureuil qui s'enfuit parce que sa forêt brûle, la feuille qui frémit parce que son arbre est abattu, l'oiseau triste qui n'a plus de logis parce que son nid prend feu? Ou bien encore, ai-je assisté aux marmottes qui se multiplient? Ai-je entendu la mer qui gémit, ai-je senti l'air pollué?

Non, rien de tout cela.

J'ai juste fait le tour des grands aéroports avec veste, cravate, chaussettes et chaussures sans avoir été nulle part, parce qu'être quelque part c'est être dans tous les coins et recoins de la planète.

Or, voilà ce que j'ai fait : je suis parti de chez moi pour Maya Maya à Brazzaville acheter un pagne de raphia à ma femme pour son anniversaire, puis ensemble nous sommes allés à Shangaï lui acheter un téléphone idiot – intelligent je veux dire –, nous nous sommes arrêtés à Kennedy pour demander un statut de liberté et nous avons continué vers Sidney, où nous avons visité la maison de l'opéra dont on a entendu parler par plusieurs touristes comme nous. Nous avons fait escale à Roissy pour nous rendre à la tour Eiffel avant de repartir au point A, qui était bien sûr notre point de départ.

« *Avez-vous fait un bon voyage?* »

« *Il était trop long, nous sommes épuisés!* »

Épuisés, oui nous le sommes, parce que nous n'avons pas eu le temps de nous arrêter, de regarder, de souffler, de converser. Trop pressés. On ne doit jamais être trop pressé dans ce monde. Dans ce monde, pressé ou pas, on arrive toujours à l'heure prévue pour votre arrivée au point Z, lorsqu'il s'agit d'une très longue vie, ou au point B, si c'est une courte vie.

Quand on voyage, il faut prendre son temps.

Voyez-vous, je n'avais donc encore jamais voyagé et je voulais vraiment voyager.

Eh bien, je l'ai fait.

Mon plus long voyage, et bien entendu, qui reste le meilleur de tous ces petits voyages que j'ai déjà effectués, c'est au Canada que je l'ai fait. Je ne suis pas parti d'Italie pour le Canada, non, ce n'est pas ça ce que je dis. D'Europe en Amérique, on y arrive en un clin d'œil, je le sais, mais je ne suis pas parti de Rome pour Vancouver. D'ailleurs, ce ne serait pas possible avec un trafic du genre de celui de Leonardo da Vinci. Je vous assure que ce n'est pas facile de sortir de là à temps, non, croyez-moi, je ne suis pas parti de l'*aeroporti di Roma* pour l'aéroport international de Québec. Mais non voyons! On ne part pas de Da Vinci à Jean Lesage comme ça, avec ces variants qui courent, et surtout pas avec ces temps que nous courons.

D'ailleurs, nous étions au Québec. Nous habitions Léry, une ville tranquille de près de trois mille habitants et qui s'étend le long des rives du lac Saint-Louis dans la région administrative de la Montérégie.

Vous savez, dans la vie, on ne court pas après; on y va avec.

« Qui veut voyager loin ménage sa monture », dit-on. En d'autres termes : *« Qui veut aller loin attache sa ceinture »*.

Alors, un jour j'ai dit à ma femme et à mon fils :

- Finie la vie des aéroports, des grandes villes et des grands pays, attachez vos ceintures et en route.

— En route pour où? a demandé ma femme.

— On part, ai-je répondu.

— Mais où partons-nous?

— En Colombie Britannique.

— Mais qu'est-ce qui te prend? C'est un long voyage, ça!

— *Certo chesi, Bella*[2], *è un viaggiolungo*[3], c'est comme la vie, un pas après un autre, on atteint toujours le point d'arrivée. En route pour un voyage initiatique.

Andiamo[4]*!*

Et nous sommes partis.

Était-ce par un coup de tête ou par ennui?

Nous avons attaché nos ceintures et nous avons quitté le Mont-Royal, le centre des affaires et le centre historique.

Andiamo!

Nous avons quitté l'arrondissement Ville-Marie. Nous avons quitté Montréal. Il était précisément quatre heures de l'après-midi. Nous sommes sortis de la plus grande ville francophone d'Amérique.

Vivre au Québec, c'est comme vivre en Europe et vivre à Montréal, c'est vivre en France. Il est très difficile d'abandonner le centre-ville, le vieux Montréal et son vieux port, la basilique Notre-Dame, l'oratoire Saint-Joseph, le stade olympique.

Andiamo!

Sortir du Québec, c'est carrément sortir de l'Europe et sortir de Montréal, c'est sortir de la France et ma femme ne voulait vraiment pas partir de là. On ne se sépare pas de la France sur un petit coup de tête! D'ailleurs, elle adorait *le Festival International de Jazz et les Nuits d'Afrique*. Mon fils, lui, eh bien… il boudait. Il ne voulait pas abandonner *le Festival Juste pour Rire*. Je crois qu'il voulait devenir comédien.

---

[2] « Bien sûr, ma belle »

[3] C'est un long voyage.

[4] Allez, en route!

« *Andiamo* », soufflais-je sans conviction. J'hésitais à partir moi aussi. J'aimais *les Francofolies* mais, par-dessus-tout, passionné de voitures, j'aimais *le Grand Prix de Formule 1 du Canada* que la ville de Montréal accueillait chaque année.

« *Andiamo* », dit mon fils tristement et nous montâmes dans notre voiture rouge sang. Ma femme s'installa dans le siège arrière et fixa précautionneusement sa ceinture avant de venir s'asseoir sur le siège avant, juste à mes côtés. Elle prit ma main droite dans ses deux mains et la plaça sur ses genoux puis posa sa tête sur mon épaule. Nous restâmes silencieux pendant un long moment, regardant passer tour à tour les piétons, les coureurs, les cyclistes, le cortège bruyant de ces boîtes luxueuses à quatre roues, les bus, quelques voitures de police et... soudain, deux véhicules des sapeurs-pompiers : un camion-citerne feux de forêts et un fourgon pompe-tonne, sirènes et gyrophares en action, se frayaient un chemin dans cette circulation difficile à une heure de pointe, car pour nos pompiers, tout retard pour se rendre sur les lieux d'un incident, peut avoir des conséquences graves.

« *Andiamo* », souffla ma femme dans mes oreilles après leur passage.

Je lançai le moteur et gardai mon pied sur le frein. La Toyota Yaris hatchbak 2015 ronronna timidement comme un chat enrhumé et paresseux puis vrombit lourdement. Mon fils Masaki Cosmo qui somnolait déjà sursauta, puis referma les yeux, prêt à s'endormir – ce qui est bien normal pour un enfant de trois ans et demi. C'était l'heure de sa sieste.

« *Andiamo* », dit-il cette fois-ci, avec regret. Ma femme Miyo retira sa tête de mon épaule et lâcha ma main. Elle s'adossa confortablement sur son siège, sa main droite soutenant sa joue droite, son regard tourné vers l'extérieur, elle regardait les arbres fleuris là-bas au loin.

C'était l'automne.

Son profil qui me dévoilait toute la pureté de sa beauté à ce moment-là me parut triste et perdu.

Un tantinet nostalgique.

Je pris sa main gauche. Elle se tourna vers moi. Je la regardai droit dans les yeux. Sans résister, elle vint se blottir dans mes bras comme une enfant réfugiée à la recherche d'un logis. Je la serrai fortement contre ma poitrine puis, confiante et sûre d'avoir trouvé dans cette accolade un refuge certain, elle repartit à l'ombre des arbres.

J'ai alors pris le volant avec mes deux mains, j'ai levé mon pied droit du frein, je l'ai posé délicatement sur l'accélérateur et, tout doucement, comme une caresse que je donnerais à mon enfant, j'ai appuyé et nous sommes partis.

Andiamo!

Il est toujours très difficile de partir comme ça, très difficile de quitter une ville qui vous a abrité pendant de longues années. Cela faisait treize ans que j'habitais Montréal et ses environs. Miyo en était à sa sixième année, et Cosmo notre fils est né là-bas. Partir, c'était comme l'arracher de ses racines, couper le cordon ombilical : « *Tchack!* »

Et pourtant nous l'avons fait.

Andiamo!

Et nous étions en route pour la BBC, *Beautiful British Columbia*!

Derrière nous, quelques rayons de soleil, faisant leur sieste dans le fleuve Saint-Laurent, nous souhaitèrent tristement *un buan viaggio*[5]!

Montréal est un petit peu unique comparé au reste du Canada : son monde, la manière d'être, de vivre des gens, son aspect architectural, je veux dire ses buildings, ses routes, ses feux, portent une touche française. Son ambiance, ses restaurants, c'est du *Made in Europe;* les gens font « bon vivre » et tu y décèles aussi de temps en temps ce côté tricolore. Il y a toujours une place où aller et, même au milieu de la nuit, on y déniche bien un restaurant italien ouvert, un groupe de musiciens au coin de la rue à trois heures du matin et il y a toujours quelque chose à faire à

[5] Un bon voyage.

Montréal. L'atmosphère de Montréal, tu ne peux pas la battre.

Puis il y a la peinture, je veux dire le paysage, la toile des érables, ces arbres, spécialement à l'automne qui est une touche magnifique! Et quand le peintre, je veux dire Dieu, y ajoute la neige par-dessus le tout, c'est à vous couper le souffle. Quand vous quittez la ville pour la campagne, l'artiste divin y ajoute des êtres à quatre pattes, ces beaux chevreuils et ces ours mignons que vous rencontrez un peu partout, qui vous regardent passez avant de bondir à travers buissons et arbustes. Alors, j'entends mon fils Cosmo s'exclamer :

« Papa, regarde, un ours, maman tu as vu là-bas, c'est un chevreuil ! »

Sa joie m'emporte et je souris au bonheur de mon cœur.

Quand vous rentrez en Ontario, c'est un peu tranquille, et, tout à coup vous êtes pris par le chuchotement, le bourdonnement, le lourd murmure des chutes du Niagara à Ontario Windsor. Puis la fraîcheur de l'air pur que les eaux vous procurent vous donne cette sensation de bon vivre, de bien-être. Et là, rien que d'en parler, je sens cette fraîcheur m'envahir.

Conduire à travers l'Ontario, ce n'est pas montagneux du tout, du moins s'il y a des montagnes, alors je les ai manquées. Au Québec, il y a le Mont Royal, l'océan Atlantique qui attirent plus du monde en été.

En Ontario, c'est la verdure, des petites villes, les lacs, les bois verts et tout le long, toutes sortes d'oiseaux qui vous accompagnent et puis bien sûr : *« Maman regarde, un autre chevreuil »*, les chevreuils de Cosmo qui, lui, se réveille toujours chaque fois qu'il y en a un. Comme s'il les sentait surgir.

Et je freine à distance pour laisser passer une famille de chevreuils qui traverse tranquillement la route. Miyo prend quelques photos et nous continuons notre route vers un autre paysage qui s'ouvre à nous : celui des fermes, du stockage des grains, des champs de maïs et de blés, les silos, des champs fleuris aux multiples couleurs. Quel joli décor ce paysage du Manitoba!

Et comme au premier jour de la création :

« Que la Terre soit!

Et elle fut. »

Saskatchewan.

Uniforme, inodore et incolore. Une route droite, une terre plate et non ronde et un ciel ouvert jusqu'aux confins de la terre. Aucun tournant et devant nous… Rien. Nous sommes perdus quelque part dans une planète encore cachée aux humains. Comme si le ciel, le soleil et l'air qui l'habitent ne veulent pas que ces humains viennent la polluer. Nous sommes les seuls habitants terrestres à fouler ces lieux encore purs.

« Et Dieu créa le ciel, la terre. La terre était vide »

Alberta.

À ciel ouvert, cœurs ouverts.

Cosmo s'exclame longuement, et son exclamation s'étend à perte de vue en suivant le ciel ouvert devant nous : wow!

Je ne conduis pas. Comme un oiseau, je vole. Nous volons. Je n'entends pas vrombir le moteur de ma Toyota.

Miyo dit : *« Nous sommes dans l'espace »*.

Mes mains ne tiennent pas le volant mais un ballon d'air. Je me retourne pour regarder Cosmo en arrière de la voiture. Bouche bée, il contemple le vide au-dessus des eaux et de tout. Au-dessus de ces couchers de soleil spectaculaires qu'admirent les humains sur la terre d'où nous venons. L'espace m'envoûte. Au moment où je tombe dans les bras de Morphée, j'entends une oie des prairies appeler ses compagnons; puis un rayon de soleil s'élève brusquement d'un certain point de l'espace et rayonne autour de nous.

À cet instant, nous apercevons enfin ces montagnes à l'horizon qui ont l'air de s'approcher comme si elles venaient à notre rencontre… Malheureusement non, elles sont encore bien loin, elles donnent juste l'impression d'être là, à quelques minutes, et j'entends une voix, une voix qui ne m'est pas étrangère bien sûr, une voix qui n'est autre que celle de ma conscience et qui me dit :

« Ne ralentis pas, roule encore pendant des heures jusqu'à ce que brusquement, comme une porte blindée, ces montagnes s'ouvrent devant toi et t'invitent dans ces domaines somptueux. »

Alors, j'écoute la voix de ma conscience et je continue. J'entre ainsi dans les montagnes et me retrouve sous les montagnes puis sur les montagnes.

Enfin Banff et son lac Louise. Le bord du lac est séduisant. On a juste envie d'y plonger. La route monte et descend et puis Cosmo qui crie :

« Papa regarde…un…un »

Et sans regarder, je le coupe :

« Oui mon fils, c'est un chevreuil »

« Non papa, maman regarde! »

« C'est un grizzly, mon enfant! » dit sa mère.

« Un grizzly… », dis-je, stupéfait et je freine et coupe le moteur.

« C'était la première fois que je voyais un grizzly aussi majestueux moi aussi »

Andiamo!

Et le voyage continue. On passe la frontière et on entre à BBC. *Bountiful British Columbia* où on y monte et où on y descend. Sur les montagnes on est dans les nuages. Plusieurs fois nous nous sommes arrêtés pour grignoter là-haut. Les montagnes percent les nuages. La neige sur les montagnes est plus belle et plus blanche que sur terre. Plus pure. L'air de la montagne assure une bonne santé. Plus on s'élève dans les montagnes, plus le printemps arrive tard. Les sommets restent longtemps enneigés. Malgré le soleil qui brille au-dessus des nuages en automne, l'hiver donne l'impression de vouloir rester présent toute l'année.

Après les montagnes, les parcs nous invitent à un pique-nique : un repas agréable que nous prenons en famille pour profiter du beau temps et de la belle nature de la Colombie Britannique et sans oublier aussi cette grande bénédiction de pluies. Il pleut souvent en Colombie britannique.

Nous nous sommes embarqués dans le ferry pour Nanaimo. Enfin! Le voyage dans le bateau est calme et paisible. Reposant surtout car cette fois-ci, ce n'est pas moi qui suis à la tête de la machine. Il y a le capitaine du bateau et son équipage que je salue d'ailleurs en passant. Je suis confortablement assis et je contemple pour la première fois l'océan Pacifique. Il est très froid comparé à l'océan Atlantique mais on s'y habitue. Ma femme et mon fils, l'une à ma droite et l'autre à ma gauche dorment paisiblement sur mon ventre. Je suis leur héros. Nous avons ensemble traversé tout le Canada de l'est à l'ouest. Nombreux ne l'ont jamais fait ou ne le feront peut-être jamais. À ceux qui y pensent je leur dis, faites-le avant qu'il ne soit trop tard et si jamais vous vous décidez à le faire, ne soyez pas pressés. Vivez la grande émotion, prenez le temps de vous arrêter, de regarder, d'observer, de converser et d'écouter le chant, le cri, le pleur, voire la joie et la peine de la Nature. Nous étions un peu pressés certes, nous ne voulions pas être surpris par l'hiver canadien. Dorénavant, nous prendrons notre temps. Nous conduirons sans doute trois à six heures par jour. Cosmo sera peut-être assez grand pour conduire, alors, je ne serai pas seul. Nous irons probablement en été et je suis sûr que nous verrons les marmottes sortir de leur hibernation pour s'accoupler. Pendant la saison chaude, ils n'ont qu'une dizaine ou une douzaine de semaines pour la grande tâche saisonnière qui les attend alors elles n'ont même pas le temps d'être paresseux. Pas même le temps d'un bain de soleil.

Nous mangerons les bleuets, les raisins et nous dormirons à la belle étoile. Ça nous fera moins de dépenses.

« Papa, papa, regarde, un…un… maman c'est quoi ça? » crie Cosmo en se réveillant.

« C'est une baleine, mon enfant » répond calmement sa mère à moitié endormie.

« Une baleine » fis-je faiblement.

Je sors brusquement de mes rêveries et serre ma famille très tendrement dans mes bras pendant que la baleine fait son numéro aquatique et acrobatique des prochains jeux olympiques sous l'œil admiratif des passagers.

Devant nous, la ville de Nanaimo étale royalement ses lumières.

Ici termine donc notre voyage initiatique.

Commentaire

— Dessine-moi un mouton !

Qui pourrait refuser au petit prince de lui dessiner un mouton ?

Personne !

— Offre-moi un rêve !

Comment offrir un rêve à un enfant ?

Les familles de l'Alliance francophone et francophile du Grand Vancouver et de Fraser Valley l'ont fait dans ce recueil de contes et légendes.

Ces familles d'origines diverses véhiculent avec ces contes et légendes les valeurs culturelles de leurs pays. On se régale en les lisant. Les conteurs se permettent tout sous la plume de Jean Pierre Makosso qui nous montre - comment élastique - est la langue française. Avec quelques petits bouts de bois il en fait un grand feu. D'un petit mot il en fait une phrase et d'une phrase il en tire un conte, une légende.

Ce sont de simples histoires qui nous font voyager dans le monde de l'imaginaire, nous promenant dans celui des rêves, de la féerie et de la fiction. Elles ravivent aussi chez les adultes des souvenirs émotionnels d'antan.

Merci à toutes ces familles d'avoir partagé avec nous ce merveilleux monde.

Charles Nicolaï, premier président de l'Association francophone de Surrey : 1987-1990 et 1991-1995